KB195290

엘렌
주인공. 원소의 정령. 겉모습은 어린아이, 속은 어른(이라고 믿음!).

오리진
엘렌의 어머니. 정령의 여왕. 순수하고 발랄하며 훌륭한 몸매를 가진 절세 미인.

로벨
엘렌의 아버지. 전 영웅. 아내 오리진과 딸 엘렌을 무척 사랑한다.

가디엘 랄 텐바르
텐바르의 전 왕태자. 반정령이 되었다. 엘렌의 약혼자.

반
바람의 정령. 빈트의 아들. 카이와 계약했다.

쌍둥이 여신
오리진의 쌍둥이 언니. 모든 것을 내다보는 여신 보르와 단죄의 여신 바르.

라필리아 반크라이프트
사우벨의 외동딸. 견습 기사.

사우벨 반크라이프트
로벨의 동생. 공작가 반크라이프트가의 당주. 기사단 단장.

카이
견습 기사. 엘렌의 호위로 임명된다.

라비스엘 랄 텐바르
텐바르의 국왕. 엘렌에게 '속 시커먼 사람'이라 불린다. 엘렌에게 참패한 과거가 있다.

시엘 랄 텐바르
텐바르의 왕녀이자 가디엘의 여동생. 언제나 냉정 침착.

빈트
정령국의 재상. 아우스톨의 반려로, 아내를 몹시 사랑한다.

아우스톨
전투를 좋아하는 정령으로, 영아의 총장. 반의 어머니.

베르크, 사티아
엘렌의 쌍둥이 동생들. 베르크가 '성실', 사티아가 '정직'을 관장한다.

아미엘
몬스터 템페스트의 핵이 되어 지금은 엘렌 안에서 잠들어 있다.

인물 소개
character

프롤로그

이날 텐바르 왕국의 날씨는 구름 한 점 없이 맑고 푸르렀다.

왕도 중앙에 자리한 높게 솟은 교회에서는 축복을 알리는 종소리가 울려 퍼졌다. 그 소리에 놀란 하얀 비둘기들이 하늘로 날아오르는 모습은 마치 부모의 둥지를 떠나 독립하는 것처럼 보였다.

언젠가는 이날이 오리라고 각오하고 있었지만, 인간과는 다른 정령이니 아직 먼 훗날의 일이리라며 낙관하고 있었다.

기적이라는 말까지 들었던 엘렌의 탄생은 차기 여신이라는 기대와 어우러져, 주변 정령들은 당연하게도 엘렌에게 눈독을 들였다.

쓸데없이 쏟아져 들어오는 혼담을 모조리 깨버린 것은 자신이었다. 오리진에 이르러서는 『엘렌한테는 자유연애를 시킬 거니까 정략결혼은 허락할 수 없어!』라고 소리쳤지만, 농담이 아니다.

연애라는 말조차 불쾌하게 느끼며 『나는 어느 쪽도 허락 못 해애애애애애!!』 하고 소리친 것을 바로 어제 일인 양 기억하고 있다.

이런 대화로 끝나던 동안은 그래도 아직 평화로웠던 거라고, 이제 와 깨달은들 이미 늦은 것이리라.

오늘, 엘렌은 내 품을 떠나 날아가니까.

자신을 닮은 것인지 엘렌의 자립은 이상하리만치 빨랐다. 어른

못지않은 사고와 능란한 말투, 여신으로서의 힘의 각성도 예정보다 훨씬 빨랐다. 그 탓에 주변을 당황하게 한 것도 최근의 일이었다.

정신 연령이 높은 탓에 매사에 달관하고 있음에도 불구하고 연애 감정에 관해서는 몹시 둔한 경향이 있다는 것이 조금 신경 쓰이기는 했다.

사고가 어른에 가까운 탓에 같은 세대가 보내오는 호의는 유치하다 여기고 마는지, 시야에 전혀 들어오지 않았는지도 모른다.

타인이 누구에게 호의를 가졌는지는 바로 눈치채는 주제에, 그것이 자신을 향하면 전혀 알아차리지 못한다.

어쩌면 그런 부분은 아직 어린아이인지도 모른다며 안도했었다. 이대로면 된다. 그대로 있어달라고 몇 번이고 엘렌에게 말했다.

추측이기는 하지만, 엘렌이 둔한 것은 자신이 과할 정도로 아내와 딸에게 마음을 쏟았기 때문인지도 모른다.

나는 오리진을 향한 사랑을 딸 앞에서도 개의치 않고 온 힘을 다해 표현했다. 엘렌은 질려하며 자주 모래 씹은 표정이 되었던 것 같지만, 이것이 사랑하는 사람을 향한 호의의 표현 방식이라고 새겨진 것이 틀림없었다.

엘렌에 관해서도, 과거의 나를 아는 누구나가 눈을 의심할 만큼 애정을 쏟아왔다는 자각은 있다. 엘렌은 우리의 사랑을 한몸에 받았고, 그것을 당연하다고 여겼다.

그 덕분인지 엘렌은 가족이라는 것에 대한 마음이 무척이나 강했다. 그리고 그것을 위협하려 하는 자가 나타나면, 평소 지나치리

만큼 다정한 엘렌이 여신 못지않은 제재를 내리는 것에도 주저하지 않는다.

세상에는 다양한 가족이 있다. 나는 상당히 특수한 편이라고 자각하고 있지만, 이대로도 좋다고 생각했다. 이것이 우리 가족의 형태라며, 이 행복이 계속 이어질 것을 믿어 의심치 않았다.

그러나 나의 이 마음과 바람을, 총명하고 예민한 엘렌은 어릴 때부터 무의식적으로 느끼고 있었던가 보다. 나의 마음에 답하려, 자각하지 못한 상태로 자신의 성장을 늦춰 그 몸을 위험하게 만들었다.

긴장감 없이 행복에 완전히 젖어 있던 우둔했던 나는 그 사실을 전혀 알아차리지 못했다. 엘렌은 내 바람을 이뤄주기 위해 무의식적으로 그 몸을 희생하고 있었던 것이다.

그 결과 여신의 강한 힘과 몸의 성장이 조화를 이루지 못했고, 여신의 힘이 너무 강한 반동으로 엘렌은 쓰러졌다.

주변에 있는 동년배 아이들보다 훨씬 작은 몸이 침대에 누워 신음하는 모습이 눈꺼풀에 새겨져 떨어지지 않는다.

나의 마음이 엘렌을 얽매고 성장을 저해하고 있다는 사실을 알고 어찌하면 좋을지 모를 기분에 휩싸였다.

내가 언제까지고 이렇게 있고 싶다고 바랐던 것이 잘못이었을까?

이대로 좋다는, 그대로 있어달라는 바람을 말하지 않았다면 좋았을까?

엘렌이 쓰러진 후에 후회해본들 늦었다.

쌍둥이 여신에게 이대로라면 사라지고 말 거라는 말을 전해 들고, 나는 머릿속이 새하얘지고 말았다.

나의 「아이와 언제까지고 함께이고 싶다」는 마음은 너무 무거웠던 것일까?

정령이니까 나이에 관계없이, 언제까지고 함께할 수 있으리라 생각했던 것이 잘못이었을까?

쌍둥이 여신에게 들은 엘렌의 신체 성장을 촉진하는 가장 빠른 방법은 엘렌이 가족의 사랑이 아닌, 타인이 보내는 사랑을 깨닫는 것이라고 한다.

엘렌의 손을 놓고, 홀로 걷게 하는 것이 최선이라는 말을 들은 것이다.

……그때의 나는, 소중한 딸을 빼앗기는 것이냐고 소리치지 않을 수 없었다.

엘렌이 선택한 상대는 내가 인간이던 때부터 인연이 있었던 이의 아들로, 그 일족은 선조의 소행 탓에 정령에게 저주를 받았다.

본인에게 죄는 없다고 하나, 그 일족으로서 태어났으니 저주는 어쩔 수 없는 일이라고 생각한다.

그것을 자신의 힘으로 정화해 보이고, 더욱이 엘렌을 구하고 사경을 헤맨 텐바르국의 왕자 가디엘.

가디엘이 살려면, 나와 마찬가지로 반정령화할 수밖에 없다고 여신들에게 들었다. 게다가 영혼의 안정을 꾀하기 위해 엘렌과의 계약이 필요했다고 한다. 그 사실을 안 것은 모든 일이 끝난 후였다.

아무것도 전하지 못한 채, 멋대로 딸을 이용당한 나는 분노한 나머지 가디엘을 죽이려 했다.

이 남자는 정령을 학살한 일족의 후예. 거기에 쌓이고 쌓인 나의 오랜 원한이 더해지고, 소중한 딸까지 빼앗을 셈이냐며 감정을 폭발시켜버렸던 것이다.

엘렌이 재빠르게 눈치채고 가디엘을 구했다. 그리고 처음으로 엘렌과 부모 자식 사이의 싸움을 하고 말았다.

엘렌에게는 예전부터 약간 반항기 같은 부분을 느끼고는 있었지만, 이때 처음으로 정면에서 대놓고 듣고 말았다.

가디엘과 함께 걸어가겠다, 라고.

엘렌이 사라져 어찌할 바를 몰라 하는 내게 오리진은 말했다. 정령이 끌리는 인간은 영혼의 본질이 매우 가까운 존재라고.

정령인 엘렌은 '원소'를 관장하고, 그리고 여신으로서 '정화'를 관장한다.

여신으로서 각성한 엘렌과 계약한 가디엘은 그 본바탕이 엘렌과 같았는지, 가디엘은 '정화'를 관장하는 정령으로서 각성했다.

이게 무슨 일이냐며 머리를 끌어안은 내게 옆에 있던 오리진은 사과했다.

오리진은 엘렌과 가디엘이 처음 만난 그때부터 서로에게 끌렸다는 사실을 어렴풋이 눈치채고 있었다고 한다.

몇 년 전에 이미 여신으로서, 그리고 정령으로서 엘렌에게 충고했었다는 말을 듣고 나는 놀라움을 감출 수 없었다.

줄곧 연애 감정에 둔하다고 여겼던 엘렌은, 자신의 입장을 돌아보며 모르는 척을 해왔을 뿐이었던 것이다.

　아, 역시 총명한 딸이라고 이제 와 새삼 깨달아도 이미 늦었다.

　자신의 마음을 눌러 죽이고, 그렇게까지 자신을 희생하고 있었던 것인가 싶어 나는 슬퍼졌다.

　엘렌의 그것은 귀족으로서 얽매여 있던 때의 자신과 똑 닮았던 것이다.

『아버지!』

　귀여운 목소리로 자신을 부르는 딸의 모습은, 태어났을 때부터 지금까지, 그리고 앞으로도 변함없으리라 생각하고 있었다.

　그러나 지금의 엘렌은 그 후로 조금 성장했고, 그리고 부모의 품을 떠나는 순백의 드레스로 몸을 감싸고 있었다.

　텐바르 왕국에서는 왕태자였던 제1 왕자가 정령 공주와 결혼한다고 대대적으로 보도되었고, 매일같이 축제 분위기로 들썩였다.

　오늘 텐바르 왕도의 교회에서 두 사람은 식을 올린다.

『아버지, 저……..』

　맑은 목소리가 울린다. 엘렌의 목소리를, 처음으로 듣고 싶지 않다고 생각한 자신이 있었다.

　작별의 말을 듣고 싶지 않다. 쭉 옆에 있길 바란다. 내 딸로 있어 주길 바란다.

자신이 부모라는 사실도, 엘렌이 자신의 아이라는 사실도 무엇 하나 달라지지 않건만, 그러나 확실하게 관계가 달라지고 말리라며 두려워하고 있었다.

엘렌은 인간계에서 살 예정이 없다. 앞으로도 정령성의 일각에서 살 텐데도, 마치 어딘가 멀리 가버리는 것만 같았다.

『……! ……』

엘렌의 입이 움직이고 있지만, 그 목소리는 들리지 않았다.

나는 결국 사랑하는 딸의 목소리마저 거부해버린 것일까?

순백의 드레스를 입은 엘렌의 모습도 흐려져 보이지 않게 되고 말았다. 아아, 어째서. 더 내 옆에서 자라주길 바랐다.

갑자기 떠밀리듯 공포에 사로잡힌 나는 참지 못하고 소리를 지르고 말았다.

"싫어어어어어~! 엘렌! 시집가지 마아아아아아아!!"

벌떡 일어난 나는, 아무래도 악몽을 꾸고 있었던 모양이라고 그제야 깨달았다.

"당신, 시끄러워……."

옆에서 자고 있던 오리진이 얼굴을 찡그리면서, 잠에 취한 채 항의했다.

내 온몸은 땀에 흠뻑 젖어 있었고, 심장이 기분 나쁜 소리를 내고 있었다. 한순간 꿈과 현실을 구분할 수 없게 되었다.

날뛰는 가슴을 누르며 「아직이야. 아직일 거야」 하고 스스로를 달랬다. 하지만 이미 약혼식은 끝났다. 그 사실을 떠올리고 충격을 받아 양손으로 얼굴을 덮고 신음했다.

"악몽이야……."

엘렌의 손을 놓고 성장을 지켜보아야만 한다며, 어쩔 수 없이 손을 놓을 마음을 먹었던 것을 이토록 후회하고 있다고, 꿈에서 자각하게 되는 날이 오리라고는 생각하지 못했다.

가디엘은 왕태자니 이미 다른 여자와 약혼했을 거라며, 엘렌과 모두를 포기시킬 셈으로 그 남자에게 확인을 했다. 그러나 그것이 도리어 발목을 잡았다.

정신을 차려보니 엘렌과 가디엘이 약혼했다니, 누가 믿을 수 있을까?

나는 그 후 한동안 몸져누웠다.

"안 돼, 안 돼! 역시 결혼 같은 건 시킬 수 없어!"

"정말이지, 곤란한 사람이라니까."

초조함에 사로잡혀 내가 갑자기 소리치기 시작하자, 오리진이 상반신을 일으키며 말했다.

요즘 내 불안정한 정신 상태에 어이없어하면서도 걱정하고 있는 것이리라. 정말로 미안하다고 생각한다.

내 볼을 콕콕 찌르면서 오리진은 또 그런 소리를 하는 거냐며 물어 왔다.

"당연하지! 그 녀석의 아들이라니 최악이야……!"

"당신은 엘렌 상대로는 그 누구라도 최악이라고 할 거잖아?"

"그렇지!"

전혀 부정하지 않는 나를 보며 오리진은 한숨을 한 번 내쉬었다.

"엘렌의 약혼은 이미 이뤄졌어. 나와 언니들 입회하에. 그리고, 속시키면 사람도 있었지. 모두의 앞에서 행해진 거라고. 당신은…… 충격으로 쓰러졌지만."

"오리, 알겠어?"

내가 진지한 얼굴로 오리진에게 바짝 다가가자 오리진은 놀란 표정을 지었다.

"약혼이란 건, 파기하기 위해 있는 거야."

"당신은 무슨 말을 하는 거야?"

안쓰러운 아이를 바라보는 듯한 눈으로 보지 말아줬으면 좋겠다.

오리진에게 걱정을 받았지만 어쩔 수 없다. 이건 내가 본보기가 되어야겠다며 침대에서 내려와 섰다.

"나는 파기했었어. 못 할 것 없어!!"

"정말이지. 끈질긴 남자는 미움받아."

"으윽."

누구에게 미움을 받는지는 생각할 것도 없이 알고 있지만, 총명한 엘렌이라면 내 마음도 분명 알아줄 것이 틀림없다. …………아마도.

"반드시! 저지해! 보이겠어!!"

그렇게 주먹을 쥐며 선언하자 오리진은 네네, 하고 말하면서 나를 침대로 끌었다.

"착한 아이니까 그만 자야지."

"오리, 나는 진지해."

"알아. 하지만 수면 부족은 내일 영향을 주잖아? 다크 서클이 생긴 당신을 보면 엘렌도 걱정할 거야."

"어? 그건 그것대로……."

"관심을 받고 싶어서 쓸데없이 걱정을 끼치려는 거야? 엘렌은 지금 바빠."

단호한 말에 변명도 하지 못했다. 어깨를 축 늘어뜨린 나는 꾸물꾸물 침대로 돌아갔다.

"자, 어서 자자."

이불을 덮어주고, 이마에 키스를 하고, 토닥토닥 가슴께를 두드린다.

"오리……"

이건 대체 무슨 상황이냐며 뚱한 눈으로 오리진을 보니, 귀엽다고 말하는 듯한 표정으로 이쪽을 보고 있었다.

"후후후, 큰 아이가 생긴 것 같아."

이런. 놀리고 있다.

"나는 당신 아이가 될 생각 없어."

"어머, 그래. 하지만 지금 당신은 떼를 쓰는 애 같은걸."

"으윽…… 포기를 모르는 것뿐이라고 말해줬으면 좋겠는데."

분명 나는 삐진 얼굴을 하고 있으리라. 오리진은 그런 당신도 귀엽다고 말하는 듯한 자애로운 눈을 하고서 내 머리를 쓰다듬었다.

나도 오리진에게 답례의 키스를 하고, 이번에는 내가 오리진을 품 안에 가두었다.

"어머나, 후후후."

서로를 품에 안고 잠드는 사랑하는 사람과의 시간. 이 무엇과도 바꿀 수 없는 가족 사이로 들어오려 하는 그 녀석을 어찌 퇴치할까 생각하면서, 날이 밝아올 때까지 사랑하는 사람에게 장난을 쳤다.

제70화 간계

"······그런고로 지혜를 빌리고 싶다."

응접실의 소파에 앉은 로벨은 진지한 얼굴을 하며 그런 말을 꺼냈다. 정령계의 재상을 맡고 있는 빈트는 그 맞은편에 앉아 안경 옆을 밀어 올리면서 생각에 잠겼다.

지금 오리진은 이 자리에 없다. 쌍둥이 여신에게 들키지 않도록 결계까지 펼치고서 소곤소곤 상담하는 두 남자의 모습에 메이드들은 차를 내오면서도 당황했다.

메이드들이 물러나는 것을 지켜본 후, 빈트는 입을 열었다.

"저는 전면적으로 찬성합니다."

"그렇지?! 그렇지?!!"

이해를 받았다며 힘주어 주먹을 움켜쥐는 로벨을 보면서 빈트는 말을 이었다.

"진절머리 나는 그 인간의 후예가 아가씨를 구한 것은 인정합니다만, 구하는 것이 당연하다는 기분도 있는지라. 게다가 정령들의 반발도 적지는 않습니다."

"뭐, 내 때도 대단했으니 당연하겠지."

로벨은 당시의 일을 떠올렸다. 여왕이 흥미를 느낀 인간이 텐바르국 출신의 귀족이라는 사실만으로 정령들의 분위기는 험악해졌다.

인간이었던 때는, 그런 건 생각하지도 않고 오리진과 지냈다. 죽을 뻔한 로벨을 반정령화하고, 남편으로 삼겠다고 말한 오리진에게 정령들은 크게 반대했다. 그리고 로벨을 배제하려고 기를 썼다.

그 엄청난 반응에 당시의 로벨은 당황을 감출 수 없었다.

뭔가 이유라도 있는 것이냐며 오리진에게 설명을 요구했고, 로벨은 텐바르 왕족의 정령 학살 사실을 알게 되었다.

동포를 학살한 나라의 인간 따위에게 정신이 팔렸다며 오리진에게 쓴소리를 하는 자들이 넘쳐난 것을 로벨은 지금도 기억하고 있다.

"로벨 님은 여왕님과의 사이에서 엘렌 님이라는 다음 세대의 여신을 만든 것으로 인정받았으니까요."

"그때 너희의 손바닥을 뒤집는 듯한 반응은 지금도 잊히질 않아."

"이런, 마음에 담아두고 계실 줄은 몰랐습니다. 로벨 님은 저희에게 전혀 흥미가 없다고 생각했습니다만."

아하핫, 하고 웃으면서 홍차를 마시는 빈트를 한쪽 눈썹을 끌어올리며 노려보면서도 로벨은 탄식했다.

"부정은 하지 않겠어. 나는 오리와 아이들 이외엔 흥미가 없으니까."

"저는 로벨 님이 그 나라 인간에게 절망했던 것을 여왕님 곁에서 지켜보았으니, 심중은 헤아리고 있습니다."

"⋯⋯."

평소와는 달리 협조적인 빈트의 모습에 로벨은 위화감을 느끼기 시작했다. 무슨 꿍꿍이지? 라고 말하는 듯한 시선을 보내면서 로벨도 홍차를 마셨다.

"큭…… 달잖아."

어째서 멋대로 벌꿀을 넣었느냐고 말하면서, 로벨은 짜증스럽게 달그락 소리를 내며 테이블 위에 찻잔을 내려놓았다.

로벨은 단 음식을 매우 싫어한다. 다과회 때마다 왕가에 불려 나가, 아기엘에게 단것을 대량으로 건네받았었기 때문이다.

그 과자에는 이물질이 섞여 있는 경우가 많았다. 로벨이 과자를 보자마자 혐오하거나, 입에 넣기도 싫어하게 된 것도 어쩔 수 없는 일이었다.

다만 최근엔 오리진과 엘렌이 맛있게 먹는 모습을 보는 것이 더없는 행복이 되어 있었다. 거기에 아앙~ 하고 두 사람에게 먹여주는 일에도 흥미를 느끼고 있다.

그러고 보니 어디를 가도 엘렌은 맛보기 담당이 되어 있는 것 같다고, 로벨은 문득 떠올렸다. 오리진을 쏙 빼닮은 그 모습은 보고 있자면 정말이지 흐뭇했다.

그러나 그런 소소한 행복의 순간도 가디엘에게 빼앗기는 것인가 생각하면, 로벨은 짜증이 났다.

그만 탈선해서 그런 생각을 하고 있으려니, 그런 로벨의 모습에 빈트가 고개를 갸우뚱했다.

"홍차에 따로 단것은 넣지 않습니다."

"뭐? 벌꿀 맛도 향기도 심하다고."

"아, 이건 아가씨께서 저희를 위해 벌꿀을 넣은 홍차를 개발해주신 거라고 들었습니다만."

"그건 들어 있다는 말…… 뭐? 엘렌이 만들었다고?"

정령들은 단 음식에는 정신을 못 차린다. 엘렌이 영지에서 양산한 설탕을 안 후부터는 홍차든 음식이든, 모조리 달게 만드는 경향으로 나아가고 있었다.

그렇기에 메이드가 멋대로 홍차에 벌꿀을 넣었다고 생각했는데, 아무래도 아니었나 보다.

"모르셨던 것 같아 오히려 놀랐습니다. ……아, 벌꿀 맛과 향이 나서 로벨 님 취향에는 맞지 않으리라 여겨 굳이 전하지 않았는지도 모르겠군요."

"으음. 엘렌이 마음을 써준 건 기쁘지만, 그건 그것대로 소외된 것 같아서 뭔가 좀……."

정령은 잘 먹지 않지만, 물과 차와 술 같은 음료는 잘 마신다. 음식도 싱싱한 과일을 좋아하는 자가 많았다.

식물에서 정령이 된 자나 곤충에서 정령화한 자도 많기 때문이리라. 반대로 육식 동물에서 인간화한 정령은 고기를 좋아하지만, 대체로 공통적으로는 음료를 즐겨 마신다.

최근에는 그 음료와 함께 먹는 단 과자나 단 소스를 뿌린 고기를 끼운 샌드위치 같은 가벼운 식사가 되는 것을 좋아하게 되었다.

이것도 인간계에 있는 것을 엘렌이 어레인지해서 정령계로 가져온 것이 발단이었다.

"레시피 아이디어를 잘 떠올린다고는 생각했지만…… 이번에는 찻잎까지 고안한 건가?"

인간계에서 일반적으로 마시는 것은 찬물이나 끓인 물, 그리고 술 정도였다.

드물기는 하지만, 치료사들은 약초를 다루기 때문인지 허브티를 자주 마신다고 한다. 귀족은 홍차나 술이 많았다.

그런 중에 엘렌이 말린 보리를 볶아 끓인 보리차와 옥수수수염을 우려낸 차를 제안했고, 치료원을 중심으로 보급되어갔다.

엘렌은 주로 물을 팔팔 끓이는 것이 중요하다고 설명했다. 덕분에 복통을 호소하는 자가 현저하게 줄었고, 거기에 더해 풍작으로 남은 보리를 사용할 방법이 생기고 처분하던 옥수수 수염도 저렴하게 재이용할 수 있다며 서민에게 단숨에 보급되어갔던 것이다.

귀족용으로는 찻잎에 오렌지와 사과 껍질을 섞는 것만으로도 차의 풍미가 달라진다고 알려주었다. 엘렌의 지식은 끝을 몰랐다.

"그러고 보니 저희가 설탕을 대량으로 소비한다며, 아가씨가 정도가 있다고 투덜투덜 화를 내셨죠."

"확실히 그렇지. 요리에도 아낌없이 설탕을 넣어대니, 나도 신경 쓰이던 참이었어."

아무래도 엘렌은 정령들에게 설탕을 절제시키기 위한 방법을 고민하던 도중에, 미리 넣어버리자는 생각에 이른 모양이었다.

먼저 찻잎만을 건네고, 여기에는 이미 단맛을 첨가해두었으니 설탕을 넣을 필요 없다고 알려주면 어느 정도 절제할 수 있으리라 생각한 것이리라.

"잘은 모르지만, 벌꿀을 결정화시킨 가루를 섞었다고 하던가요?

그것참, 아가씨의 샘솟는 지혜에는 지혜의 정령도 깜짝 놀란답니다."

엘렌이 어떻게 이런 찻잎까지 만들고 있는 것인가 생각하니, 답은 바로 나왔다.

반크라이프트령의 치료원에서 쓰는 약 재료로 밀랍이 필요하다는 이야기가 있었다. 그래서 새로운 사업을 성립시켰는데, 거기에서 다시 또 새로운 것을 만들어낸 모양이었다.

벌꿀에도 주목하여 다방면에 걸쳐 협력해 상품 개발을 하고 있는지도 모른다.

그러고 보니 얼마 전에도 벌꿀을 사러 갔을 때도 허니 피자라는 것을 고안해서, 저택 안이 시끌벅적했던 것이 떠올랐다.

"가끔은 나를 위해서 달지 않은 것도 만들어줬으면 좋겠는데……."

영지를 떠들썩하게 만들 정도의 레시피를 차례차례 고안하는 것은 사업과 관계된 일이니 어쩔 수 없다고는 해도, 언제나 싫어하는 단 음식들이 중심이라 로벨은 조금 섭섭함을 느끼고 말았다.

"아가씨는 계약한 그자를 정령들에게 인지시키기 위해 인간계의 음식 등을 선물로 가지고 와서 인사를 돌고 계시니, 필연적으로 단 음식이 되는 게 아니겠습니까? 이 홍차 개발에는 그자도 관여했다고 들었고요."

"뭐엇?!"

아닌 밤중에 홍두깨라며 로벨이 놀라자, 빈트는 "여왕님은 알고 계셨습니다만?" 하고 눈을 깜빡였다.

"그러고 보니 지금 엘렌은 바쁘다고…… 그런 일을 하고 있었던 건가?!"

"뭐, 로벨 님은 태어난 지 얼마 안 된 자제분들 옆에 딱 붙어 계셨으니까요. 아가씨에게까지 눈길이 닿지 않은 것도 어쩔 수 없는 일이지요."

다시 홍차를 마시는 빈트를 앞에 두고 로벨은 부들부들 떨기 시작했다.

"엘렌이…… 내게 상의도 없이……?"

"상의하면 무조건 안 된다고 하실 거 아닙니까?"

"당연하지!"

하지만 「역시 내 딸이야, 행동이 빠르군」이라며 묘하게 감탄도 하고 말았다. 그런 로벨을 바라보면서 빈트는 쿠키로 손을 뻗어 입에 집어넣었다.

"에잇, 먹고 있을 때가 아냐! 뭔가 지혜를 내놓으라고!"

이대로는 엘렌의 의도대로 순식간에 인정을 받고 말리라.

테이블을 주먹으로 내리치며 항의하는 로벨의 모습에도 빈트는 표정도 바꾸지 않고 우물우물 쿠키를 씹었다.

꿀꺽하고 입 안의 것을 삼키고, 다시 홍차로 손을 뻗으며 말했다.

"아크 님에게 협력을 요청했습니다."

"뭐?"

엘렌에게 청혼했던 전과를 가진 녀석이 아니냐며 로벨은 떨떠름한 표정을 지었다. 어째서 그 녀석 이름이 나오는 것이냐고 말하는 듯한 표정으로 핏대를 세웠다.

"인간 세계에서도 공통의 적을 가지면 아군이 된다는 말이 있지요?"

"그 녀석이야말로 방심할 수 없는 적이잖아!"

가디엘 일을 안 후에도 아크는 개의치 않고 『이거한테, 질리면, 나랑, 결혼, 해?』라는 말을 대담하게 본인 앞에서 했었다.

"아크 님은 아가씨께서 직접 거절하셨으니 괜찮을 겁니다."

"당연하지!"

"아가씨의 감각이 인간에 가까워서 다행입니다."

"그래. 설마 정령들에게 근친혼이 당연할 줄은 몰랐으니까……."

씁쓸한 얼굴을 하면서 로벨이 말했다. 무엇보다 아크의 청혼에 다름 아닌 오리진이 어째서 안 되냐고 물었을 정도다.

인간의 상식이 전혀 통하지 않는 정령이라는 존재에 휘둘리는 일이 로벨에게도 엘렌에게도 종종 있었다.

"초대 정령들은 모두 같은 여왕님의 가지에서 태어난 자들뿐. 그리되는 것도 당연하지요."

저는 2대째라 조금 다르지만 말이죠, 하고 빈틈없이 덧붙이는 빈트의 말을 들으면서 로벨은 마음속으로 납득하고 말았다.

정령 종족에 따라서는 본래 파생이 식물이나 곤충 등으로, 그중에는 여왕벌 같은 역할을 가진 정령도 있다.

쌍둥이 여신의 제약이 인간 한정으로 정령들에게는 적용되지 않는 데엔 이러한 이유가 있었다.

아니, 그보다는 쌍둥이 여신의 제약이라는 것도 인간 측이 멋대로 만들어 쌍둥이 여신에게 지켜봐 달라고 바란 것이 시작이었다고 한다.

인간은 자신들이 스스로 족쇄를 만들어 끼워두고서, 정작 형편이 나빠지면 쌍둥이 여신이 내릴 벌이 무서워서 도망치려 한다.

사정을 모르는 인간들이 보기엔 불합리하다는 생각이 들지도 모른다. 그러나 결국 뚜껑을 열어보면 인간이 불손한 것일 뿐이었다.

'확실히, 멋대로 맹세해놓고 그걸 깨다니 무슨 생각이냐 싶어지지⋯⋯.'

인간이었던 때도 주변 인간들에게 진절머리가 났었는데, 반정령화한 후에 그것은 한층 더 심해졌다.

엘렌이 없었다면 지금쯤 로벨은 인간에 대한 무른 생각 따위는 전부 던져버렸으리라.

'인간과 정령이 다르다는 건 충분히 알고 있지만, 이 정도로 근본이 다를 거라고 누가 생각하겠어.'

근친혼이 안 된다고 하는 상식은, 귀족이었던 로벨에게는 너무나도 당연한 것이었다. 그것은 엘렌도 마찬가지인 모양이라 가슴을 쓸어내리기는 했지만⋯⋯.

'그나저나, 내가 엘렌에게 가르쳐준 적이 있던가?'

상당히 오래전에 엘렌에게 인간의 상식을 가르치기는 했지만, 어디부터 어디까지 가르쳤는지 기억이 조금 애매했다.

엘렌은 상식에, 지식에 욕심이 많아서 책도 자주 읽는다. 시정 백성들의 일 등에도 흥미진진해하며 자주 질문했던 것도 알고 있다.

'대체 어디서 배워 오는지 전혀 모르겠어⋯⋯.'

그러고 보니 오리진도 때때로 모르는 말을 배워 온다. 엘렌도 어디서 배운 거냐며 딴죽을 거니, 아마도 비슷한 것이리라.

"그러고 보니, 어째서 인간에게만 뒤틀림이 생기는 거지?"

고개를 갸웃거리는 로벨에게 빈트는 모르셨냐며 설명해주었다.

"인간에게만 뒤틀림이 생기는 게 아닙니다. 인간계에 있는 존재 전부가, 가까운 자와 이어지면 뒤틀림이 생깁니다."

인간계에서 태어난 자들은 원래부터 영혼과 그 몸을 구축하고 있는 마소의 양이 적다. 그렇기에 마법을 쓸 수 있는 자가 없었다. 마소 덩어리라고도 할 수 있는 정령과 계약하고서 비로소 마법을 다룰 수 있게 되는 것에는 그러한 이유가 있었다.

"근친끼리 혼인을 반복하면, 인간을 구축하기 위한 마소의 힘이 잡아 늘여져 약해지고, 그리고 뒤틀리는 겁니다."

빈트는 그렇게 말하고 쿠키로 손을 뻗었다.

"평소와 같은 양의 재료로 쿠키를 더 많이 만들라고 하면, 하나하나의 두께와 크기를 줄여야만 합니다. 홍차라고 해도 마찬가지죠. 맛이 옅어질 만큼 물을 더하지 않으면, 같은 양의 찻잎으로 많은 차를 끓일 수 없죠."

"아, 그래. 그렇지."

"인간을 이루기 위한 힘은 늘 일정합니다. 많아도 적어도 안 됩니다. 때때로 인간치고는 강한 자가 있습니다만, 그래도 인간으로서 쓰이는 마소가 아주 조금 많다고 하는 정도. 마소는 대량으로 맞으면 어떤 자라도 마물로 변하듯, 인간이기 위해서는 위로도 아래로도 모두 한도가 있습니다."

"한도……?"

"근친혼을 반복한 자들의 주변에서는, 죽어 하늘로 돌아갈 터인 마소가 그 자리에 계속 머무는 현상이 생긴다고 예전에 아크 님께 들은 적이 있습니다. 몬스터 템페스트 때와 마찬가지로 그 자리에 계속 머물고, 탁해져 범람한다고 하더군요."

"그런 일이 생긴다고?!"

"추측입니다만, 하늘로 돌아가야 할 해방된 마소가 정화되지 못한 채 다음 아이에게 쓰이는 것인지도 모릅니다. 본래 부모로부터 물려받은 것이기에, 해방되는 잠깐 사이에 부모가 가진 마소에 끌려가 버리는 거죠."

"그런 일이……."

"마소는 흘러야만 힘이라 할 수 있습니다. 해방된 마소는 하늘로 돌아가려 자연스럽게 발버둥 치기 때문에, 전부가 쓰이는 일은 없다. 그렇다고는 해도 재료로서는 보통보다 적어지는 데다, 뒤틀린 채인 마소까지 쓰인다. 그것들을 바탕으로 억지로 잡아 늘여 아이를 이루면, 아무리 애써본들 뒤틀리는 것은 필연. 재료를 더하지 않은 탓에 맛을 잃은 쿠키와 마찬가지로 무언가 부족한 게 되는 거죠."

거기까지 설명하고 빈트는 손에 든 채인 쿠키를 입에 넣었다.

"과연. 그래서 대부분의 자가 단명하는 건가……."

정령은 말하자면 거대한 마소의 덩어리 같은 존재다. 정령들은 주변 마소를 에너지로 들이쉬고 또 내쉬듯이, 자신 안에서도 힘이 정체되지 않도록 하기 위한 순환을 스스로 하고 있다고 한다.

그렇기에 정령계에 사는 정령들은 음식을 먹을 필요가 그다지 없다.

정령계에서는 정령 자신이 호흡이라는 형태로 자연스럽게 정화한다고 한다면, 근친혼을 한다 해도 아무런 문제도 없으리라.

아크는 마소의 정령으로 순환을 관장하는데, 그 힘은 세계에 미친다. 호흡하는 것은 모두 마찬가지지만, 아크의 경우는 주로 적은 마소로 정체하기 쉬운 인간계의 순환을 돕는 것이 가장 큰 목적이다.

원초의 정령인 만큼 그 규모도 힘도 방대하며 차원이 전혀 다른 수준이라고 하니 놀라움을 감출 수 없었다.

"게다가 근친혼을 반복한 인간의 주변에선 정체된 마소가 소용돌이치니, 몬스터 템페스트처럼 사고도 오염되고 평범하게는 있을 수 없게 될 테지요. 인간의 높은 자들은 자주 동족일 터인 인간에 의해 도태되곤 하는데, 그러한 현상이 뒤에서 얽혀 있을지도 모릅니다."

"…………."

로벨은 할 말을 잃고 말았다. 설마 인간의 역사 뒤에 마소가 얽혀 있으리라고는 상상도 하지 못했기 때문이다.

세계의 이면을 이렇게 들여다보는 입장이 되고서 생각한 것은, 인간에게는 인간이 바라는 그러한 가치가 없다는 것이었다. 아니, 없다기보다는, 애초에 아무런 기대도 받고 있지 않았다.

어디까지나 여왕의 심심풀이로 만들어진 존재. 자신이 그쪽에 있고, 그 정도의 가치밖에 없다고 하는 사실을 정령계에 있다 보면

절절하게 실감한다.

여왕이 보기에 인간은 정령과 생김새는 비슷하지만, 다른 동물들과 아무런 차이가 없을 것이다.

정령보다 한없이 약하고, 그저 다른 동물들에 비해 지혜와 손재주가 있을 뿐인 인간. 정령이 인간과 계약하는 것도 「재미있어 보이니까」라는 이유밖에 없다고 들었다.

'이유를 알면 알수록 정령들의 반발이 이해되는 게 뭐라 말하기 힘들군…….'

아무리 정령으로서 몸이 다시 만들어지고 엘렌과 아이들이 태어났다고 해도, 로벨의 영혼은 인간이던 때 그대로라고 들었다.

그렇기에 로벨은 힘이 부족해 대정령들에게 맞설 수 없다. 오리진이라는 절대적인 존재가 있기에 겨우 힘이 균형을 이룬 상태다.

그런 로벨의 아이들이니, 과연 인간의 부분이 어찌 작용할지 미지수였다.

"과연…… 내 아이들은 절반은 인간이니까, 근친혼 같은 걸 했다간 무슨 일이 일어날지 알 수 없겠군. 문제가 생길 가능성이 있다는 걸 알고 허락할 성싶으냐!"

그런 일이 일어나면 먼 훗날까지 슬퍼하게 되는 건 아이들이다. 그렇다면 더더욱 혼인 따위 시킬 수 없다고 로벨은 굳게 다짐했다.

"네. 그게 좋을 겁니다. 아크 님에게 부탁하는 건 주로 다른 정령들에 대한 견제의 의미입니다. 나름 서열 1위인 분이니까요. 아가씨가 인간과 혼인할 바에야! 하고 이상한 생각을 하는 자가 나오지 않으리라는 법은 없으니까요."

그럼 그럼 하고 만족스레 고개를 끄덕이는 빈트는 기분이 좋아 보였다.

"아, 그쪽이었나…… 그렇다고 해도, 과연 도움이 될까?"

왠지 어벙하고 언제 어디서든 잠을 잔다. 중요한 순간에 도움이 되지 못한다면 아무 의미도 없다.

아무리 대단한 정령이라도 엘렌에게 청혼하는 시점에서 쓰레기라며 욕하고 보는 로벨의 모습에 빈트는 쓴웃음을 지었다.

"그러고 보니 그자는 앞으로 아가씨와 함께 수행을 한다고 하더군요."

"……수행?"

"로벨 님도 하시지 않았습니까? 정령계와 인간계에서는 힘을 쓰는 법이 다르니까요."

"아, 그랬지……."

정령계는 마소로 가득한 세계다. 인간계는 그 마소가 옅다. 힘의 바탕이 되는 것이 적은 곳에서는 힘을 쓰는 방식이 매우 나쁘기도 하다.

만약 무슨 일이 생겨 전이로 도망치려 해도 힘이 잘 나오지 않아 도망치지 못한다고 하는 경우도 생길 수 있다.

여신으로서 인간계를 다스려야 하니, 인간계에서 힘을 쓰지 못해서는 안 되었다.

인간계에서 수행을 시작했을 때의 엘렌은 여덟 살이었다는 것이 떠올랐다. 그 후로 벌써 몇 년이 흘렀을까? 그렇게 다시 사고가 엉뚱한 방향으로 흘러간 로벨의 목소리가 어딘가 다정한 기색을 띠었다.

'그 후로 벌써 7년이나 지난 건가…….'

인간계에서 로벨 일행의 존재가 드러난 후 주변에서는 문제가 끊임없이 일어났고, 순식간에 시간이 흘러갔다.

"정말로 그 녀석이 도움이 될까?"

의심 깊은 로벨을 안심시키기 위해 빈트는 말을 덧붙였다.

"아크 님만이 아닙니다. 리히트 님도 계십니다."

"리히트는 아직 아크를 감시하고 있는 건가?"

"예. 아크 님은 오랜 시간 감금당하며 심한 잠버릇이 생긴 모양이라…… 뭐, 그건 원래부터 그런 경향이 있기는 했지만요. 리히트 님도 엘렌 님의 약혼에는 납득하지 못하고 계신 모양이니 괜찮을 겁니다."

"……응?"

안 좋은 예감이 든 로벨은 빈트를 다그쳤다.

"어이, 설마 리히트도 엘렌을……."

"어라? 이것도 처음 들으신 겁니까?"

"지금까지 오빠인 척을 하며 엘렌에게 접근했던 건가?!"

노발대발하는 로벨의 모습에 빈트는 자자, 하고 달래며 남 일처럼 말했다.

"리히트 님은 남매가 결혼하지 못하는 이유를 아가씨께 재차 듣고는 낙담하셨지요. 아가씨가 성장하고 나면, 하는 마음이 있으셨나 봅니다."

"아아아아아! 이 녀석이고 저 녀석이고 방심할 수가 없어!!"

이 상황에서 리히트마저! 하고 분노를 뿜어내는 로벨은 빈트가 마음속으로 혀를 내밀고 있다는 사실을 눈치채지 못했다.

빈트는 안경 옆을 손가락으로 밀어 올렸고, 안경알이 번뜩였다.

"뭐, 그런 연유로 리히트 님도 그자에게는 한마디 하고 싶으신 것 같으니, 겸사겸사 세상의 혹독함을 가르쳐드리면 아가씨와 약혼한다고 하는 의미를 몸소 느끼게 될 테지요."

"아무래도 역부족인 것 같지만…… 뭐, 알았어."

그러다 혹독함이라는 말에 로벨은 고개를 갸웃거렸다. 여신의 반려로서 뭔가 혹독한 일이 있었던가 하고 생각해보았지만, 반크라이프트령을 돕게 된 것 이외엔 정령계에서 하는 일은 육아밖에 떠오르는 것이 없었다.

엘렌이 태어나기 전까지는 세례 같은 괴롭힘이 많았지만, 그래도 귀족 출신인 자신이 보기엔 코웃음이 날 정도로 귀여운 수준이었다.

'그 녀석은 왕족이라고. 그 녀석들로는 역부족일 것 같은데……'

인간의 상식 따위는 전혀 통하지 않는다고 하는 점에서 곤란을 느껴봐라 싶었지만, 가디엘의 옆에 있는 엘렌의 존재가 전부 해결해버릴 것만 같았다.

자신 때도 결국엔 오리진이 "떽!" 하고 말해버리면 그것으로 끝이었다.

정령계에도 영역 다툼 같은 것은 있다. 그러나 그러한 녀석들은 대부분 뇌가 근육인 집단이라 지금까지는 비슷한 영아(靈牙)를 보내면 바로 얌전해졌다.

영아를 통솔하는 총장이 로벨의 눈앞에 있는 빈트의 아내인 아우스톨. 그 아들 반이 엘렌을 호위하고 있으니, 누군가 힘을 과시하기라도 하면 반이 앞으로 나설 터다.

참고로 여담인데, 로벨은 영아의 부장이 이 빈트라는 말을 듣고 기가 막혔다.

'엘렌은 아우스톨과도 사이가 좋으니, 어느 쪽이든 무슨 일이 생기면 바로 엘렌이 움직이겠지⋯⋯.'

생각에 잠겨 신음하는 로벨을 무시한 채 빈트는 뭔가를 떠올린 것처럼 서둘러 무언가를 꺼내더니 테이블에 내려놓았다.

"에둘러 하는 괴롭힘에 관해서는, 이 종이에 적어두었습니다."

"너⋯⋯."

대체 뭘 준비한 것이냐고 질려하면서도 빈트가 건넨 그 종이를 받아 들고 위에서부터 차례대로 훑어보았다.

아래 항목으로 갈수록 로벨이 부들부들 떨기 시작했다. 끝내는 종이를 테이블에 내팽개쳤다.

"이게 뭐야!!"

괴롭힘의 내용으로 쓰여 있던 것은, 「안 좋은 소문을 퍼뜨린다」, 「계단에서 밀어 넘어뜨린다」, 「꽃병을 떨어뜨린다」, 「물을 뿌린다」, 「신발을 감춘다」 같은 머리가 지끈거리는 내용이었다.

"애냐!"

"무슨 말씀이십니까?! 모처럼 지혜의 정령에게 부탁해 인간들의 책에서 괴롭히는 방법을 발췌한 겁니다!"

좀 보십시오! 이 다크 서클! 하고 안경을 벗어 인간의 책을 정신없이 뒤진 결과를 보여주었다.

"인간이 무슨 짓을 당하면 기분 나빠 하는지 저로서는 알 수 없으니, 일부러 공부했단 말입니다! 로벨 님께도 저희의 괴롭힘은 전혀 통하지 않았다고 학습했으니까요!"

"너한테 상담한 내가 바보였어…… 그보다, 그때 일은 전부 네가 꾸민 거였나!"

"아차, 말실수를. ……자, 그런 옛날 일보다 홍차를 한 잔 더 마시고 싶으니 결계를 풀어주시겠습니까?"

"…………."

로벨은 힘이 다한 것처럼 소파 등받이에 체중을 싣고 결계를 풀었다. 일부러 결계까지 펼치고서 이야기하는 것이 바보 같아졌다.

불려온 메이드들이 서둘러 홍차와 쿠키를 다시 채웠다.

"그것참, 인간이 쓴 공상의 이야기 속 주인공은 로벨 님을 바탕으로 했다는 공통점이 많아서 무척이나 재밌었습니다."

"그만둬."

"하지만 정령이 계약한 인간을 좋아한다는 것은 그렇다고 쳐도, 그 정도의 이유로 혹사당하는 건 마음에 들지 않습니다. 어느 쪽이 위인지 한 번 알려줄 필요가 있겠어요."

"……그만두라고 했다. 엘렌이 화낼 거야."

"알았습니다. 그만두겠습니다."

"뭘 그렇게 순순히……."

"그저 이야기에 대한 불만을 말하고 싶었을 뿐입니다."

진지한 얼굴로 그리 답하고 다시 채워진 홍차를 즐기는 빈트를 보며 로벨은 다시 머리를 끌어안았다.

빈트를 믿고 있을 수 없었다. 이렇게 되면 자신이 직접 생각해야만 할 것 같다.

그렇다고 해서 자신이 할 수 있을 만한 일이 뭘까 생각해본들, 하나밖에 떠오르지 않았다.

"이렇게 된 이상, 정령 마법으로 한 번 혼쭐을 내줄까……."

"아하하핫! 역시 로벨 님도 인간이었던 때의 사고방식을 다 버리지 못하셨군요~!"

인간이 쓴 이야기대로라며 빈트에게 큰 웃음을 산 로벨은 우으으 하고 신음했다.

결국에는 로벨 자신도 실력주의 기사단에 있었던 탓에, 굳이 말하자면 힘으로 밀어붙이려 하는 경향이 있었다.

겸연쩍어진 로벨은 남은 식은 홍차를 마시려다 망설였다.

"……큭."

잠시 손에 든 홍차와 눈싸움을 했지만, 마음을 정한 듯 단숨에 비웠다. 엘렌이 만든 홍차를 남길 수는 없다고 생각한 듯했다.

얼굴을 찌푸린 채 로벨은 메이드를 불렀다.

"차를 한 잔 더 부탁한다. 벌꿀이 안 들어간 평범한 차로 끓여줘."

"알았습니다."

고개를 숙인 메이드가 물러나는 것을 지켜보고서, 로벨은 오늘 몇 번째일지 모를 한숨을 내쉬었다.

"사실, 여신들이 지켜본 약혼을 파기하는 게 쉽지 않은 일이라는 것쯤은 잘 알고 있다. 하지만 그 녀석만큼은 허락할 수 없어."

"로벨 님은 누구라도 싫으시잖습니까?"

"그렇지."

오리진에게도 들은 말을 빈트에게도 듣고 말았다. 그렇게나 알기 쉬운 건가? 하고 로벨이 고개를 모로 꼬고 있으려니, 메이드가 새로 차를 내왔다.

로벨은 입가심을 위해 홍차를 마시면서, 어떻게 파기해야 할지를 생각했다. 그러다 문득 조금 전부터 위화감을 느끼고 있다는 사실을 떠올렸다.

"빈트."

"왜 그러십니까?"

"내가 네게 지혜를 빌리기도 전에, 인간의 책을 탐독하면서까지 인간용 괴롭힘을 조사한 이유가 뭐지?"

아무리 그래도 타이밍이 지나치게 좋다고 로벨은 생각했다.

"저주를 자력으로 풀었다고는 하나, 아가씨의 상대로는 저도 인정할 수 없기 때문입니다."

마치 처음부터 답을 준비해놓았던 양 빈트는 태연하게 대답했다. 그렇기에 로벨은 더더욱 납득이 되지 않았다.

로벨이 검은 오라를 뿜으며 잠자코 빈트를 노려보았다. 빈트가 점점 식은땀을 흘리기 시작했을 무렵, 갑자기 천장에서 목소리가 들렸다.

"아, 빈트. 드디어 찾았다!"

공중에서 전이해 나타난 것은 조금 전 언급되었던 리히트였다.

통 하고 테이블 옆에 내려선 리히트는 책 몇 권을 안아 들고 있었다.

"어라? 리히트 님. 무슨 일이십니까?"

"로벨 형님, 이야기 중에 죄송합니다. 빈트, 이 책 다음 권을……."

"어이, 리히트……."

"네?"

빈트에게 향하던 검은 오라가 그대로 리히트에게로 향했다. 소파에서 일어선 로벨의 모습에 안 좋은 예감이 들었는지, 리히트는 다가오는 로벨에게서 한 걸음 또 한 걸음 물러섰다.

"가, 갑자기 왜 그러십니까……?"

로벨의 기세에 리히트는 당황하면서 식은땀을 줄줄 흘렸다.

"네 놈, 내 딸에게 마음이 있었다지?"

"에엑?! 그걸 어떻게……!"

순식간에 얼굴이 새빨개진 리히트를 본 로벨은 폭발했다.

"죽어!"

"으아~! 로벨 형님! 그러지 마세요!!"

응접실이 로벨을 중심으로 얼어붙어 갔다. 여기에 의외로 항의를 한 것은 빈트였다.

"로벨 님, 모처럼 다시 끓인 홍차가 다 식지 않습니까."

"어이, 빈트! 도와줘! 아니, 그보다 어째서 로벨 형님이 그걸 아는 거야?! 아무한테도 말한 적 없는데!"

"리~히~트으으으으~!!"

"으아아아!"

콰득콰득콰득! 벽에 얼음 화살이 꽂혔다. 아니, 벽이라기보다 로벨 자신의 결계에 꽂히고 있는 것 같았다. 방이 파손되지 않도록 재주 좋게도 결계로 덮은 모양이었다.

갇혔다는 사실을 깨달은 리히트가 큰일이라며 허둥댔다.

"어머니와 엘렌에게 혼날 테니까 방만큼은 지키는 점이 로벨 형님다워!"

"시끄러워! 가만히 있어!"

"무리, 무리! 영화!"

얼음의 화살이 리히트의 빛의 검에 맞아 튕겨 나왔다. 힘의 차이인지, 로벨의 얼음 화살이 영화의 빛이 내뿜는 열기에 져 녹고 있었다.

"…………."

그것을 본 로벨이 싱긋 웃었다.

"위험해, 위험해, 위험해! 웃는 로벨 형님은 위험하다고—!"

로벨은 얼음 속성이 특기일 뿐, 본래는 오리진의 힘으로 모든 속성을 가지고 있다. 아무리 대정령인 리히트에게 유리하다 해도, 정령계 여왕의 남편을 다치게 했다간 오리진을 화나게 하고 말 것이다.

그런 일이 생기면, 세계 그 자체에 균열이 갈 가능성도 있었다.

"이렇게 되면…… 눈부시게 만들기!"

"크아앗!"

리히트의 온몸이 번쩍 하고 빛났다. 마치 섬광탄과 같은 효과를 가져온 그것은, 로벨의 시야를 가렸다.

시야가 원래대로 돌아오는 사이에, 리히트는 로벨의 결계를 영화로 가르고 전이해 도망친 모양이었다.

빛의 대정령답다고는 해도, 이런 잔기술을 쓸 줄은 몰랐던 로벨은 화를 감추지 못했다.

"아아~ 나까지 눈부셔~! 눈이이이, 눈이이이이이~!"

"젠장! 어느 틈에 이런 약은 짓을……!"

"아마도 인간의 책에서겠죠. 요즘 지혜의 정령을 통해 저희 사이에서도 유행하기 시작한지라……."

"뭐어?! 아아, 망할! 어지럽잖아……!"

비틀거리던 로벨은 그 자리에 무릎을 꿇었다. 고개를 저어보지만, 어지러움이 더해질 뿐이었다.

두 사람의 시야는 여전히 돌아오지 않은 채였고, 복도에서 발소리가 들려왔다. 소란을 들은 자들이 허둥지둥 왔다는 것을 알았다.

"어머나, 대체 어떻게 된 거야~?"

두 사람은 눈을 뜨지 못한 채로 목소리가 들린 쪽으로 고개를 돌렸다.

"오리인가? ……아니, 아무것도 아냐."

"저희는 리히트 님에게 눈을 부시게 하는 공격을 받았습니다. 너무합니다. 일에 지장이 생겼으니 오늘은 돌아가서 아우스톨한테 푹 피묻힐 겁니다, 파묻히고 싶어."

빈트의 욕망이 그대로 새어 나온 발언에 로벨은 혀를 찼다.

"눈부시게……?"

오리진의 당황한 목소리가 들려왔다. 다른 정령들의 기척도 느껴지는 것을 보아 메이드들도 모여든 듯했다.

"어머나? 이게 뭐지?"

바스락하고 종이를 손에 드는 소리가 들리자 로벨은 당황했다.

"오, 오리! 아무것도 아니야! 어이, 빈트!"

"무리입니다~ 아직 눈이 안 보입니다~."

"……."

왠지 모르게 무서운 침묵이 이어졌다. 겨우 시야가 돌아온 로벨은 눈을 가늘게 뜨고 방 안의 상황을 살폈다. 오리는 그런 로벨 앞에 떡하니 버티고 서 있었다.

"이게, 대체 뭘까~?"

"…………."

로벨이 힐끗 빈트를 봤지만, 빈트는 온 힘을 다해 외면하며 도망치고 말았다.

제71화 텐바르 왕족의 저주

엘렌과의 약혼식이 강행된 날부터 반년이 흘렀다. 그사이에 엘렌과 가디엘의 약혼은 대대적으로 알려졌고, 텐바르 왕국에서는 큰 소동이 벌어졌다.

그러나 텐바르국에서는 정령 공주가 왕가로 시집을 온다고 오해한 자들로 넘쳐났고, 왕가는 저주받았던 것이 아닌가? 하고 일부에서 혼란이 생겨났다.

그래서 라비스엘은 상황의 전말을 국민에게 설명했다.

비밀리에 전쟁을 목적으로 이웃 나라가 공격해 오려 했다는 사실을 먼저 밝히고, 아미엘이 유학을 이용해 헬그너국에 협력했고, 아기엘과 함께 전쟁을 벌이려 책략을 짰다고.

사실 전왕은 병으로 돌아가신 게 아니라, 아기엘 일행에게 살해당했다고 이야기했다.

백성의 혼란을 피하려 가디엘과 함께 영웅과 정령 공주가 비밀리에 나라를 구하러 가주었던 일 등을 적당히 이야기했다.

정령 공주는 텐바르의 국민을 돕기 위해 치료원에 다니며 지혜를 빌려주고, 하루하루 사람들을 도우려 애썼다.

반크라이프트령에서는 대정령들이 정령 공주의 말에 따르던 현장 등이 치료받으러 왔던 자들에 의해 목격되었고, 영지가 발전한 것은 정령 공주 덕분이라고 하는 인식이 강해지고 있었다.

헬그너국은 그런 정령 공주의 힘에 눈독을 들였고, 전쟁을 일으켜 정령 공주를 유인해 내서 제 것으로 삼으려 했다고 한다.

그 정령 공주를 구하려다 가디엘이 희생되었다, 라고.

정령 공주가 슬퍼하며 죽음의 문턱으로 향했던 가디엘을 살리고, 반정령으로 변한 부분까지 들은 텐바르국 사람들은 이 일련의 흐름이 익숙하다는 생각을 했다.

아직 상흔이 남은 몬스터 템페스트로 희생되고, 반정려화하여 생환한 영웅 로벨. 정령 공주는, 그 로벨의 딸인 엘렌이었다.

마치 영웅 로벨의 이야기 같은 줄거리에, 사람들을 설마 하며 서로 얼굴을 마주 보았다.

가디엘과 엘렌은 반크라이프트령에 있는 치료원에서 때때로 모습을 드러냈고, 서로 사이가 좋다고 일부 백성들에게 인식되어 있었다.

왕가가 정령에게 저주받았다고 하는 소문을 듣고도 설마 하는 자가 대부분이었다. 거리는 분명 있었지만, 치료원에서 대화를 나누는 엘렌과 가디엘은 여러 사람이 목격했었다.

병을 앓거나 다친 백성에게 마음을 쓰고, 정령에게 기도를 바치고, 그 힘으로 백성을 치유하는 정령 공주.

반크라이프트령의 치료원을 중심으로 한 사업 발전에도 이 정령 공주가 관여하고 있다는 소문이 퍼졌다.

가디엘은 치료원의 운영 방식에 흥미를 느끼고, 국가적으로 지원하기 위해 움직이고 있었다는 것도 주지의 사실이었다.

거기까지 들은 백성들은 이웃 나라가 전쟁을 일으키면서까지 정령 공주를 욕심낸 이유를 납득했다. 실제로 몇 년 전에는 정령 공주가 가져온다고 소문이 난 약을 둘러싸고 온 나라에서 소동이 일어나기도 했기 때문이다.

데릴사위가 되어 정령계로 가는 가디엘을 대신해 제2 왕자인 라스엘이 입태자한다고 보고하자, 또 큰 소동이 벌어졌다.

백성들이 술렁이는 틈에 라비스엘은 조용히 아기엘과 아미엘의 장례를 마쳤다.

*

시간을 조금 거슬러 올라가, 지금으로부터 반년 전. 라비스엘이 백성들에게 연설하기 얼마 전. 가디엘과 엘렌이 약혼한 직후의 일이었다.

"형님이 데릴사위라니, 역시 저는 인정할 수 없습니다!"

이의를 제기한 것은 라스엘 본인이었다. 라비스엘에게 대드는 모습은, 지난 며칠 동안 몇 번이나 목격되었다.

그리고 이날 왕궁 집무실에는 왕비 라라루와 왕녀 시엘도 있었다.

가디엘이 살아 있는데 어째서 제게 차례가 돌아온 것이냐며 귀를 의심한 라스엘은 경위를 듣고 더더욱 납득이 되지 않는다면서 고개를 저었다.

가디엘과 라스엘이 7년 전에 엘렌과 만난 후, 가디엘의 분위기가 단숨에 변했던 것을 지금도 기억하고 있다.

엘렌을 뒤쫓으며, 자신의 모습을 돌아보고 조금이라도 변하려 분투하던 등을 보면서 라스엘도 뒤쫓아 왔다.

라스엘 자신도 귀여운 엘렌에게 첫눈에 반했고, 옆에 서 있던 가디엘이 연적이 되어버려 복잡한 심정을 품어왔다.

저주받은 것도 엘렌과 만나고 싶다고 바랐던 마음도 똑같았을 터인데, 깨닫고 보니 가디엘은 엘렌과 만나 공동 사업까지 시작했다.

라스엘은 이 일을 계기로 애써 누르고 있던 반항기가 한층 심해지고 말았다.

불만에 가득 차서 자기 자신의 일로 버거워하는 사이에, 자신이 모르는 곳에서 여러 생각과 의도가 난무하고 있었다니. 스스로가 얼마나 부족한지 뼈저리게 느꼈다.

함께 어린 시절을 보낸 아미엘이 이웃 나라와 공모해 전쟁을 벌이려 했고, 그것을 비밀리에 가디엘과 엘렌 일행이 협력해 막았다니.

전부 끝난 후에 상황을 알게 되었을 때의 충격이 미처 사라지기도 전에 다시 가디엘이 엘렌을 감싸고 죽을 뻔했고, 정령계에서 요양하고 있다는 소식을 들었다.

그리고 드디어 돌아오나 싶었는데, 엘렌과 약혼해 데릴사위가 된다는 이야기를 들었다. 게다가 라스엘이 입태자가 된다고 한다. 설명도 없이 결정 사항만을 전달받아 납득할 수 있는 영역은 이미 넘어섰고, 생각하기만 해도 가슴이 답답해지고 머리가 아팠다.

　심경은 여전히 복잡하기는 했지만, 가디엘의 마음이 이루어진 것을 라스엘은 솔직하게 축복할 수 있다고 생각했다.

　왕자라는 신분도 벗어던지고, 몸을 던지면서까지 엘렌을 지키다니 자신에게는 불가능한 일이라고 솔직하게 패배를 인정할 수 있었다.

　아니. 이렇게까지 늦어놓고 뻔뻔스럽게 끼어들 용기 따위, 라스엘에게는 없었다.

　실연과 동시에 입태자라는 책임이 덮쳐 눌러 왔다. 감정 그대로, 납득할 수 없다고 라스엘은 언성을 높이고 있는 것이다.

　거친 반응을 보이는 라스엘을 무시하고, 라비스엘은 흔들림 없는 태도로 말했다.

　"이미, 가디엘은 인간이 아니게 되었다."

　라비스엘의 말에 그 자리에 있던 왕비 라라루도 라스엘도, 그리고 언제나 냉정 침착하며 어떤 동요도 보이지 않던 시엘조차도 말을 잃은 채 눈을 크게 부릅떴다.

　얼마 후에 제정신을 차린 라스엘은 떨리는 목소리로 물었다.

　"그건…… 대체 무슨……."

　"가디엘은 죽기 직전에, 여신들께 자비를 받았다. 가디엘은 인간으로서 죽음을 맞이하는 것이 아니라, 반정령으로서 살기를 바랐다."

　"죽다니…… 그런……!"

　엘렌을 지키다 다치고 요양하고 있는 것이라면, 어째서 언제까지고 돌아오지 않느냐고 모두가 목소리를 높이고 있었다.

그런데 그것이 요양 같은 수준이 아니라, 죽을 뻔했던 것이라는 사실을 알고 라라루는 양손으로 얼굴을 덮으며 쓰러져 울었다.

가디엘은 간신히 죽음은 면했지만, 반정령화하지 않았다면 살지 못했을 것이라는 말을 듣고 라스엘은 아연실색했다.

"반정령화라고요……? 그럼, 저주받은 저희는 오라버니와는……."

시엘의 중얼거림에 라비스엘은 「그래」라고 답했다.

"더는, 만나는 것조차 어렵겠군요……."

텐바르 왕족의 형제자매 사이는 나쁘지 않았다. 헬그너국과는 다르게, 언제나 뭔가 말다툼을 하면서도 서로 의견을 나눌 정도로는 사이가 좋았다.

모두의 머릿속에 가디엘과의 추억이 떠올랐다.

특히 최근의 가장 큰 일은, 가디엘이 엘렌에게 조이사이트라는 원석을 받아 온 것이었다.

가디엘이 그것을 가지고 돌아왔을 때는 한바탕 소동이 벌어졌다. 조이사이트의 크기와 더불어 그 안에 잠든 정령을 볼 수 있다니, 이야기로만 들었던 일이었기 때문이다.

역사에도 남을 만한 돌을 가지고 돌아온 일로 라비스엘에게 전에 없을 만큼 칭찬을 받던 가디엘이 작은 목소리로 「엘렌이 앞으로도 융통성 있게 부탁드린다고……」 하고 말한 순간, 라비스엘은 큰소리를 내며 웃었다.

그 후 엘렌에게도 직접 뇌물이라는 말을 들었고, 라비스엘은 조이사이트를 볼 때마다 그 일을 떠올리며 웃었다.

조이사이트는 가디엘이 직접 받은 것이었지만, 가디엘은 독점하지 않고 왕가의 보물로 삼았다.

왕가의 사람이라면 누구나 볼 수 있는 곳에 두고, 처음으로 가까이에서 정령을 본 감동을 서로 나누었던 것을 라스엘과 모두는 어제 일처럼 기억하고 있다.

왕가의 개인 방으로 이어지는 홀 중앙에 장식된 그 조이사이트를 정령석이라 부르며, 매일 아침 세 남매가 모여 기도를 바치는 것이 일과가 되었다.

부디 자신들에게 걸린 정령의 저주가 정화되기를 바라면서. 슬픔에 빠진 정령이 위로받기를 바랐다.

모두가 가디엘과의 추억을 떠올리고, 슬픔에 사로잡혔다.

텐바르의 왕족들은 저주로 정령들에게 접근하지 못한다. 그것은 역으로 이용하면 정령 마법사들을 무력화시키는 무기가 된다.

가디엘의 저주는 죽을 뻔하면서 정화되었다고 들었지만, 이 정령석 자체에 정화의 의미가 있다는 것도 들었다. 그렇기에 저주의 의미를 다른 목적으로 쓰려는 라비스엘은 라스엘에게 명령했다.

"그리고 라스엘은 정령석에 기도하는 걸 그만둬."

"무슨…… 어째서입니까!"

"이 정령의 저주는 정령 마법의 대항 수단으로, 풀려서는 안 된다. 그리고 가디엘이 용서받았다고 해서, 우리가 용서받는 건 아니다."

"형님은…… 정령석에 기도했기 때문에 저주가 풀린 겁니까?"

"그건 알 수 없다. 하지만 풀려버린 건 사실이지. 풀릴 가능성이 있다면, 피해야만 한다."

"그런……."

시엘의 절망한 듯한 중얼거림에서, 어쩌면 자신들의 저주도 풀리지 않을까? 하는 희망을 가졌다는 것을 알았다.

"잠시만요! 그렇다면 더더욱, 형님이 왕태자로 있는 편이 좋지 않습니까?! 정령 마법의 방패가 된다고 한다면, 그건 제가 하면 됩니다!"

"라스엘, 무슨 말을 하는 거니?!"

라라루의 비명을 들은 척도 않고 라스엘은 소리쳤다.

실제로 가디엘은 자력으로 그 저주를 풀고, 그리고 반정령화했다. 그야말로 영웅 로벨과 어깨를 나란히 하는, 선택된 자라고 하는 증거가 아니냐고.

"형님이 텐바르의 왕이 되고, 그 옆에 정령 공주가 선다. 그러면 정령의 역린을 건드린 이 나라는 오명을 씻고 안녕을 얻을 것이 아닙니까!"

"…………."

"그런데 어째서, 어째서입니까……? 형님이 살아 있다면, 그 모습을 멀리서라도 보여주실 순 없는 겁니까?!"

라스엘도 형이 죽을 뻔했다는 말을 듣고 가만히 있을 수 없었다. 멋대로 왕태자로 삼겠다고 말하는 것은 라비스엘의 독단인지도 모른다.

제대로 가디엘의 입을 통해 부탁한다는 한마디라도 듣고 싶었다. 사이좋았던 형이 아무것도 모른 채 돌아왔다가, 왕태자 자리에서 물러나게 되었다는 사실을 나중에 알기라도 하면.

슬픔과 미움의 시선을 받게 된다면, 어찌하면 좋을까. 더는 다가갈 수도 없는 상대에게 용서받을 수 있을까?

사이가 멀어질 것을 두려워하며 라스엘은 솔직하게 소리쳤고, 하아하아 하고 어깨를 들썩이며 숨을 몰아쉬었다.

모두가 입을 다물었고, 집무실은 무거운 분위기에 감싸였다.

"지금…… 형님은……."

"……지금은 정령계에 있다고 들었다. 반정령화하면서 이쪽 세계에 힘이 익숙해지기까지 시간이 걸린다더군. 약혼식 때 만났는데, 이제 곧……."

"당신! 어째서 그 자리에 저도 부르지 않은 건가요?! 당신은 가디엘과 만날 수 있었던 거죠?!"

아미엘을 데리러 갔다가 생사불명이 되어버린 가디엘. 왕비인 라라루는 그날부터 반년 이상 가디엘을 만나지 못했다.

눈물을 글썽이며 다그치는 라라루에게 라스엘은 드물게도 난처한 표정을 지어 보였다.

"미안해. 그땐 어떻게든 약혼을 치르지 않으면 도망칠 거라고 생각했거든."

"도망친다고요?"

"도망치지. 로벨 일행은 나와 얽히고 싶어 하지 않으니까. 사랑하는 딸을 줄 성싶으냐며 계속 소리쳤어."

가디엘 이야기를 하고 있었는데 어째서 영웅 이야기가 되는 걸까. 모두는 당황했다.

아니, 지금 깨닫고 보니 비장한 얼굴을 한 면면 앞에서 왕만이 태연하지 않은가? 심지어 슬쩍 웃고 있기조차 했다.

그제야 모두는 자신들만이 비장감에 사로잡혀 있다는 사실을 알아차리고, 서로 얼굴을 마주 보았다.

"어떻게 된 건가요……."

라스엘의 주장에 대한 설명도 없이 태연하게 불만을 듣는 왕의 모습에 위화감을 느꼈다. 시엘이 의아하다는 듯이 묻자, 라비스엘은 밝게 웃었다.

"이제 곧이겠군."

라비스엘의 그 목소리와 타이밍을 맞춘 것처럼, 문을 두드리는 소리가 들렸다.

"그래."

"폐하, 실례합니다. 가디엘 전하가 도착하셨습니다."

"그래, 들여라."

근위의 말에 라스엘과 모두는 눈을 휘둥그레 떴다.

인사를 하며 들어온 가디엘은 당당했고, 또 한층 성장한 듯한 착각이 들었다.

"……가디엘, 이니?"

라라루가 비틀거리며 가디엘에게 다가가려 했고, 가디엘은 미소 지었다.

"오랜만에 뵙습니다. 어머님. 지금 막 귀환했습니다."

"아아, 가디엘!"

"형님!"

모두가 일제히 가디엘에게 달려가려 했다. 그것을 가디엘이 서둘러 손을 들어 제지했다.

"미, 미안하지만 거기 가만히 있어줘!"

안색이 조금 나빠진 가디엘의 모습에 모두는 바닥에 못이 박힌 듯 걸음을 멈추었다.

"왜, 왜 그러니······?"

울먹이는 목소리로 라라루가 말하자, 가디엘은 난처한 표정을 지었다.

"우리가 저주받았다는 걸 잊은 거냐? 가디엘은 반정령화했다. 다가가지 마."

라비스엘의 말에 퍼뜩 제정신을 차렸다. "그런······" 하고 그 자리에서 쓰러져 우는 라라루를 보며 가디엘은 당황했다.

"형님······ 눈이······."

푸른 빛이 강했지만, 일곱 색으로 빛나는 가디엘의 눈동자를 본 라스엘이 놀라 눈을 부릅떴다.

"아. 그래. 어울리니?"

라스엘과 모두의 마음도 모른 채, 가디엘은 부끄러워하며 대꾸했다.

"······네, 네에! 무척 잘 어울립니다!"

라스엘이 언성을 높이며 노려보자 가디엘은 어리둥절해하며 눈을 깜빡였다.

라스엘과의 온도 차에 가디엘은 당황한 듯 천천히 고개를 갸우뚱했다. 그 모습에 시엘도 한숨을 숨기지 못했다.

"오라버니는 여전히 라스엘의 신경을 건드리네요. 아주 건강한 것 같아 다행입니다."

어깨를 으쓱인 시엘에게 그런 말을 듣고, 상황을 좀처럼 이해하지 못한 가디엘은 "어? 어라?" 하고 곤혹스러워하며 주변 사람들을 둘러보았다.

그러다 여전히 울고 있는 라라루에게 시선을 돌린 가디엘은 퍼뜩 놀란 얼굴로 무언가를 깨달았다. 머뭇머뭇 조심스럽기는 했지만, 가디엘은 라라루에게 다가가 무릎을 꿇고 그 어깨에 살며시 손을 올렸다.

"……어?"

놀라며 고개를 든 라라루만이 아니라, 다른 모두도 눈을 크게 떴다. 가디엘은 라라루에게는 저주가 발동되지 않는다는 사실을 깨닫고 안도했고, 그리고 아주 기쁜 얼굴을 했다.

"어머님은 괜찮은가 봅니다."

"가디엘, 가디엘!"

"아앗…… 어머님. 심려를 끼쳤습니다."

힘껏 껴안는 라라루의 등에 가디엘도 팔을 둘렀다.

라스엘과 시엘은 조금 부러운 듯이 지켜보고 있었지만, 라비스엘은 흥미 깊어했다.

"내 아이를 낳은 라라루가 저주의 영향을 받지 않았다는 것도 신기하군."

"어째서 어머님만…… 불공평하다고 봅니다."

"풋."

라스엘의 말에 라비스엘이 실소했다.

포옹을 푼 라라루는 눈물을 훔치며 일어났고, 이번에는 라스엘을 꼭 안았다.

"어, 어머님?!"

라스엘을 동요했지만, 라라루는 이어 시엘도 꼭 끌어안았다. 아무래도 가디엘의 포옹을 나눠주고 있는 모양이었다.

"어머님도 여전하시네요."

가디엘이 쓴웃음을 지으며 일어났다. 분위기가 진정되자 가디엘은 자세를 바르게 했다.

"소개하고 싶은 분이 있습니다."

"그래, 이제나저제나 하고 기다리고 있겠지?"

"네. ……엘렌, 들어와."

가디엘의 말에 모두가 일제히 문 쪽으로 시선을 돌렸다. 거기서 불쑥 나타난 것은, 엘렌의 뻗친 머리카락이었다.

"뭐……?"

라스엘의 당혹스러워하는 기색인 목소리가 들린 다음 순간, 조심스럽게 들어온 엘렌이 깔끔하게 숙녀의 인사를 해 보였다.

"……엘렌 반크라이프트라고 합니다."

엘렌의 등장에 라비스엘과 가디엘 이외의 면면은 눈을 동그랗게 뜨며 놀랐다.

*

문 너머에서 저주의 기척이 느껴지는 것은 알고 있었지만, 역시 직접 보자 조금 거리를 두고 싶어졌다.

그래도 라비스엘이 안쪽에 그대로 있어 큰 문제는 없었다. 그러다 엘렌은 제1 왕녀의 저주가 신경 쓰이기 시작했다.

'이게…… 대체 어떻게 된 걸까?'

눈치챘을까? 하고 힐끗 가디엘에게 시선을 주자, 어째선지 녹는 듯한 미소가 돌아왔다. 스윽 손이 내밀어져 왔고, 반사적으로 엘렌도 그 손에 자신의 손을 올렸다.

"저는 엘렌과 약혼했습니다."

"어머나……!"

왕비 라라루의 경악한 목소리에 엘렌은 움찔하며 어깨를 떨었다.

'호, 혹시 첫인상 최악……?'

생각해보면 바로 알 수 있는 일이었지만, 눈앞의 라라루가 시어머니이고, 속 시커먼 라비스엘이 시아버지가 된다는 사실을 깨달은 엘렌은 식은땀이 멈추지 않았다.

어쩐지 이전에도 느껴본 듯한 감각이었다. 로벨의 본가에 처음 갔을 때, 귀족 할머니가 있다며 긴장했던 그때와 같았다.

여왕 대 시어머니의 전쟁이 발발하는 것인가 하고 옆에서 마음

졸이며 지켜봤었는데, 설마 이렇게 자신의 차례가 올 줄은 그 당시엔 상상도 못 했었다.

'어머니는 거북하면 안 만나도 된다고 가볍게 말했지만……'

같은 위치에 섰기에, 정령계의 여왕이 얼마나 강한지 알 수 있었다. 자신도 그리될 수 있을지 묻는다면…… 분명 되지 못하리라.

'게다가 폐하한테는, 언제나 하고 싶은 말을 가리지 않고 다 해버려서 얼굴을 마주하기가 어려워……'

지금 생각하면, 상당히 무리한 약혼식이었다. 그때는 엘렌 자신의 일만으로도 벅찼지만, 라라루와 가족들은 그 이상으로 충격을 받았을 터였다. 어쩌면 따돌림을 당했다고 여길지도 모른다.

'그렇겠지…… 죽을 뻔한 아들이 겨우 돌아왔나 했더니, 갑자기 약혼했습니다 하면 놀라기 전에 화부터 날 거야……'

불안한 표정을 짓는 엘렌에게 가디엘은 염화로 괜찮다고 말을 걸었다.

하지만 라라루의 반응은 엘렌이 상상도 하지 못했던 것이었다.

"이거 범죄 아냐?!"

라라루의 외침에 엘렌은 움찔하며 굳어지고 말았다.

그 틈에 라라루는 가디엘과 엘렌 사이로 끼어들더니, 엘렌을 등 뒤로 감추며 가디엘을 다그쳤다.

"가디엘! 겨우 돌아왔나 했더니 갑자기 약혼이라고……?! 나한테 한마디도 하지 않은 건, 이런 작은 어린아이와 무리하게 약혼을 강행하기 위해서였던 거로구나?!"

"어, 어머님, 아닙니다!"

그 모습을 히죽거리며 재미있다는 듯 바라보고 있던 라비스엘은 라라루의 분노의 화살이 자신에게로 향한 순간 빠르게 표정을 다잡았다.

"당신도 당신이에요! 가디엘이 이런 어린아이와 약혼을 바라는 걸 말리지도 않고 인정하다니! 무슨 말도 안 되는 짓인가요!"

"흐음. 뭔가 오해를 하고 있는 것 같은데……."

"뭐가 오해라는 건가요?!"

분노를 참지 못하는 라라루의 뒤에서 엘렌은 추욱~ 풀이 죽었다.

'어린아이…….'

라라루의 말이 가슴을 후벼 팠다.

옛날부터 그랬다. 전생하기 전엔 연인이 생겨도 첫날 데이트를 마치고 돌아가는 길에 범죄자로 보이니까 옆에서 걷고 싶지 않다는 말을 듣거나, 마음먹고 고백해도 어린애를 상대하고 있는 것 같아서 그럴 마음이 안 든다는 말을 듣거나 했다…….

직장 시설에 들어가려 하면, 초등학생으로 오해받고 경비원에게 제지당했다. 엘렌 안에서 잊혔던 씁쓸한 기억이 주마등처럼 스쳐 지나갔다.

가디엘의 키는 180센티미터를 조금 넘을 터였다. 그 옆에 140센티미터를 겨우 넘는 정도인 여자아이. 그 차는 남매 정도로 넘어갈까?

오랜만에 만난 가디엘은 키가 너무 커서 엘렌도 올려다보아야 했다. 목이 아프지 않을까 걱정했지만, 가디엘은 엘렌과 마주하면 자연스럽게 무릎을 꿇거나, 의자나 소파로 안내해주었기 때문에 평소 신경 쓰지 않고 지낼 수 있었다. 그러나 그것들은 전부 가디엘의 배려였다.

'그러고 보니 아버지도, 바로 안아 들었지⋯⋯.'

성인 남성과 나란히 서면, 확실히 그 키 차이만 눈에 띄리라. 보폭도 다르니, 로벨은 엘렌을 안는 편이 빠른 것이다.

그런 작은 아이와 심지어 약혼했습니다 같은 말을 한다면, 제대로 된 사람이라면 왕비와 같은 태도를 보이는 것이 보통이라는 사실을 깨닫게 되었다.

로벨은 자식에게서 벗어나지 않은 것이 아니다. 체격이 작은 엘렌을 걱정한 나머지 하지 못했던 것이라고, 새삼스레 깨닫고 면목없어지고 말았다.

'하지만 요즘 아주 조금 컸는걸⋯⋯.'

엘렌이 침울해져서 울 것 같은 얼굴을 하고 있으려니, 제1 왕녀인 시엘이 이쪽을 보며 조마조마해하는 표정을 지었다.

서로 눈이 마주치자, 시엘은 퍼뜩 놀란 얼굴로 왕비에게 말했다.

"어머님, 엘렌 님은 이제 곧 성인이 되는 나이일 겁니다. 아미엘과 동갑이라고 들었습니다."

"⋯⋯⋯⋯뭐?"

한참, 이해하는 데 몇 초가 걸린 라라루는 천천히 엘렌을 향해 돌아서며 물었다.

"······너, 나이는?"

"열다섯이 됩니다······."

어린아이라는 말을 듣고 침울해진 엘렌에게 라라루는 「거짓말이지······?!」하고 경악했다.

"어머님, 엘렌은 정령입니다."

"저, 정령······?!"

"텐바르국의 영웅 로벨 님과 정령 여왕 오리진 님의 딸이, 엘렌입니다."

가디엘의 폭탄 발언에 라라루는 비틀거리며 쓰러질 뻔했다.

*

가디엘은 쓰러지려는 라라루를 서둘러 붙들고 바로 옆에 있는 소파에 앉혀 쉬게 했다. 정신을 잃지는 않았지만, 현기증이 나는 모양이었다.

근위에게 차를 부탁하고, 잠시 라라루의 상태를 지켜본 다음 서로 다시 자기소개를 하게 되었다.

"기억하고 계십니까? 라스엘 랄 텐바르입니다."

"아! 오, 오랜만이에요······!"

여덟 살 때 가디엘과 함께 만나고, 저주가 발동해 서로 쓰러진 이후 만나지 못했다. 분명 엘렌보다 한 살 정도 위였다고 기억하고 있다.

저주를 고려해 엘렌과 가디엘만 거리를 둔 곳에 있는지라 정확한 키는 알 수 없었지만, 가디엘보다 세 살 어린 라스엘은 올해 열여섯. 성인이 되어 학교를 졸업할 나이일 터였다.

키는 가디엘보다 조금 작은 정도일까? 그러나 그와 달리 체격은 상당히 탄탄했다.

라스엘은 제2 왕자였기 때문에, 가디엘의 보좌가 될 예정이었다. 근위 기사단에서 견습 생활을 하고 있다고 한다.

"뭐, 그것도 그만두게 될 것 같습니다만……."

학교를 졸업하면 본격적으로 훈련을 시작할 예정이었으리라. 입태자 된다고 들어도 전혀 기쁘지 않다는 얼굴을 하고 있었다.

"제 이름은 시엘 랄 텐바르. 엘렌 님과는 한번 만나고 싶었어요. 만나게 되어 기쁩니다."

"네, 네?! 저, 저도요!"

시누이라고 불리는 입장의 사람에게 만나고 싶었다는 말을 듣다니…… 하고 엘렌이 긴장하자 시엘이 키득 웃었다.

"예전에, 쓰러진 당신에게 사죄하겠다며 저택에 몇 번이고 들이닥쳤던 일…… 어리석은 형제들이 실례 많았습니다."

"네? 아……."

7년 전 그때의 일을 말하는 것이라고 겨우 이해한 엘렌은 당황했다.

"그, 저는 저택에 없었기 때문에 전하들이 방문하신 걸 몰랐습니다. 저야말로 몇 번이고 걸음을 하시게 해서 죄송합니다."

"아, 괜찮아요. 제가 반크라이프트가로 심부름꾼을 보내서 엘렌 님을 저택에서 멀리 떨어져 있게 했으니까요."

'어라? 지금 엄청난 말을 들은 것 같은데……'

시엘은 엘렌보다 두 살 위라고 들었다. 당시 열 살이던 여자아이 가, 형제가 폐를 끼치고 있다며 상대 쪽에 앞질러 연락을 했다고 한다.

"……누님?"

처음 듣는지 라스엘이 시엘을 빤히 바라보았다. 가디엘은 그 일 을 알고 있었는지 먼눈을 했다.

"아군 사이에 이런 적이 있을 줄 누가 예상이나 했겠어……"

"제가 엘렌 님과 만나지 못했던 건 누님 탓이었던 겁니까?!"

"지금 이 순간까지 몰랐다니 정말로 우둔하네. 이래서야 정말로 왕이 될 수 있으려나."

"누님!!"

남매라고는 해도 신랄한 말을 뱉는 시엘을 보며 엘렌은 쩔쩔맸 다. 주변을 둘러보니, 아무래도 이건 일상 풍경인 듯했다. 라비스엘 도 재미있어하고 있었다.

'폐하가 즐거워 보여……'

언제나 보던 대담하고 뻔뻔한 미소와는 다른, 부모의 얼굴이라고 해야 할까? 매우 부드러운 미소를 일행들에게 보내고 있었다.

엘렌은 텐바르 왕가를 몰랐다. 정령을 학살한 왕의 후예라는 선 입관과 지금까지 라비스엘과 나눠온 대화로, 표면상으로만 보아왔다는 것을 새삼 깨달았다.

'아기엘 씨와의 일 같은 게 있어서, 가혹한 환경일 거라고 멋대로 생각했어……'

그들에게도 가족이 있고, 제대로 된 단란함이 있었던 것이다. 그런데 어째서 그런 뒤틀린 자가 나온 것인지, 그건 그것대로 이상했다.

'그러고 보니, 폐하는 뒤틀려 가는 아기엘 씨가 재미있어서 조장했었다고 말했던 것 같은……'

수경으로 보고 있던 오리진이 "속 시커먼 사람이 이런 말을 했어!"라며 보고하는 것을 듣고 함께 분노했던 일을 기억하고 있다.

그때는 라비스엘도 어렸던 것이리라고 이해하기는 했지만, 그로 인해 가장 크게 희생된 것은 로벨이었다. 시야가 넓어지고 인식이 변했다고는 해도, 그 부분은 역시 용서할 수 없었다.

'가디엘들 앞에선 아버지라는 느낌으로 다정한 거려나……?'

라비스엘은 온오프가 분명한 타입인지도 모른다.

"……흐트러진 모습을 보며 미안해요. 나는 라라루 랄 텐바르. 이 아이들의 엄마예요."

"저기, 죄송합니다. 제 성장이 느려서……"

"아뇨, 나야말로 오해해서 미안해요. 약혼자 후보를 모조리 거절하고 완고하게 여성에게 접근하지 않던 아들이 이런 귀여운 아이를 데려와서, 그만 어린아이 취향이었던 건가 싶어져서 놀라고 말았던 거예요."

"어…… 아, 그……"

지나치게 솔직한 말에 너무 놀란 나머지 어찌 대답하면 좋을지 알 수 없게 되어버린 엘렌은 진땀을 뺐다.

　"억지로 강요당한 건 아니겠죠? 당신이 정령왕의 딸이라 해도 반 크라이프트라는 이름 아래 있는 이상, 왕족 상대로는 거절하는 데도 한계가 있잖아요? 아니, 그보다 이 애로 괜찮나요? 정령 나라의 공주님이라면 혼담이 끊이지 않을 텐데?"

　잇따라 빠르게 들려온 말은 가디엘에게 친절하지 않은 내용이었다.

　"어머님⋯⋯."

　가디엘도 그런 식으로 여겨진 것이냐며 충격을 받고 있었다. 라비스엘에 이르러서는 어깨를 들썩이며 웃음을 참는 듯 애써 외면하고 있었다.

　"나한테는 언제나 세게 나오는 엘렌이 밀리다니⋯⋯ 크크큭⋯⋯."

　좀처럼 보기 어려운 엘렌을 본 라비스엘은 웃음이 멈추질 않는 모양이었다.

　가디엘을 보고 웃는 것인가 했는데 엘렌을 보고 웃고 있다는 것을 눈치챈 엘렌은 스윽 표정을 잃었다.

　'전언 철회! 저 사람은 역시 속이 시커매!'

　점점 엘렌의 표정이 뚜웅 하고 기분 상한 기색을 띠었다. 엘렌의 뺨이 살짝 부루퉁해진 것을 알아차린 가디엘이 『엘렌, 귀엽지만 진정해』 하고 염화를 보내왔다.

　"어머나, 이런 귀여운 아이가 당신에게 세게 나왔다고요?"

　"내가 못 이기겠다고 생각한 상대는, 라라루 당신과 엘렌뿐이야."

"어머나 세상에."

웃는 얼굴의 라라루에게 손등을 꽉 꼬집히고 있는 라비스엘을 보고 엘렌도 눈을 깜빡였다.

"아~. ……미안. 엘렌, 놀랐지?"

쓴웃음을 짓고 있는 가디엘에게 엘렌은 솔직하게 고개를 끄덕여 보였다.

라비스엘이 있는데도 이렇게 부드러운 분위기가 되는 것이 신기했다.

'왕비님이 주변 분위기를 만들고 유지하고 있어.'

대단하다고 엘렌은 몹시 감동했다.

'어머니한테는…… 무리지.'

그만 그런 생각을 하고 쓴웃음을 지었다. 자신의 입장도 있는 어머니와 비교해버린 것을 본인에게 들켰다간, 분명 「싫어~! 엘렌 너무해!」하고 삐지고 말리라.

"엘렌 님은 예전에 만났을 때와 거의 달라진 게 없네요. 정말로 정령이었다니……."

내심 놀랐는지, 라스엘이 중얼거리듯이 말했다.

"본래 정령도 어느 정도는 인간과 비슷한 속도로 성장하는데, 힘을 각성하면 성장이 거의 멈춰버립니다. 제 경우엔 그게 너무 빨랐던 모양이라……."

로벨의 바람을 이뤄주기 위해 엘렌이 무의식적으로 성장을 멈추고 있기도 했지만, 그것들을 포함해 본래 힘의 각성이 빨랐던 탓이라고 쌍둥이 여신이 가르쳐주었다.

그렇지 않으면 무의식적으로 성장을 멈추는 그런 일도 불가능할 테니, 그렇구나 하고 납득할 수밖에 없었다.

"어머. 정령님도 큰일이구나……. 그럼, 엘렌 님의 성장은 멈춘 그대로가 되는 건가요?"

인간으로 열다섯 살쯤 되면 여성은 슬슬 상태가 안정되며 성장이 멈추기 시작할 때다. 그런데 그것이 어린 상태에서 멈추었다고하니 그만 신경이 쓰이고 만 것이리라.

"제 성장은 쌍둥이 여신이 도와주고 계시니까 괜찮습니다. 앞으로 성장할 겁니다!"

기대됩니다! 하고 엘렌이 힘주어 말하자 가디엘 이외의 면면은 당황한 기색을 숨기지 못했다.

"쌍둥이 여신……."

교회에서 듣는 이름이라 아무래도 현실감이 들지 않는 듯했다. 라비스엘은 직접 만나 보았으니 의심할 여지도 없지만, 그러한 존재가 관여해 엘렌이 성장할 거라는 말에 모두가 당황하고 있다는 것을 엘렌은 눈치채지 못했다.

"엘렌의 어머님은 정령계의 여왕. 여왕의 쌍둥이 자매분이 쌍둥이 여신이라는 사실을 알고 저도 놀랐습니다. 아주 다정하고, 위대하고 멋진 분들이었습니다."

가디엘의 말에 라라루는 멍한 느낌으로 "어머나……" 하고 감상을 내뱉었다. 머리가 쫓아가지 못하는 것이리라.

"힘이라고 하니, 로벨은 결계와 얼음 마법을 쓰는 것 같던데, 엘렌이 어떤 힘을 쓰는지는 모르는군. 대체 어떤 힘을 갖고 있지?"

라비스엘의 말에 엘렌과 가디엘은 결국 이 순간이 오고 말았구나 하고 긴장했다.

이 부분에 관해서는 사전에 가디엘과 함께 모두와 상담했다. 엘렌과 가디엘의 힘의 사용법과 입장에 관해서, 첫인사와 그 의논도 겸해서 이 자리를 마련한 것이다.

*

자세를 바르게 한 두 사람이 분위기가 확 바뀌었고, 긴장감 때문인지 방 안의 공기가 무거워졌다.

라스엘과 시엘은 무심코 자세를 굳혔고, 라라루는 놀라 어리둥절해했다. 그 모습에 라비스엘은 미간에 주름을 잡았다.

"제 힘은, 알려드릴 수 없습니다."

"……뭐?"

"제 힘이 남에게 알려지면, 이 나라는 휩쓸리고 말 겁니다. 그땐 정말 전쟁 정도로는 끝나지 않을 테죠. 돈의 가치부터 모든 게 다 붕괴해버릴 겁니다."

"붕괴한다고……?"

"폐하, 엘렌의 힘도, 엘렌을 통해 받은 제 힘도, 이 세계를 위해 쓰여야 하는 것. ……한 나라에 쓸 수는 없습니다."

"……무슨 뜻이지?"

세계라는 말에 당혹스러움을 감추지 못한 면면은 서로 얼굴을 마주 보았지만, 라비스엘만은 빤히 엘렌을 계속 바라보고 있었다.

"엘렌, 네 힘은 로벨이 철저하게 숨겼었지?"

"네."

"엘렌이 약을 만들고 있다, 혹은 엘렌과 계약한 정령이 만들고 있다는 소문이 있었는데, 그건 사실인가?"

"……"

긍정도 하지 않고 부정도 하지 않는다. 아니, 말할 수 없다고 발언한 참이니, 어떤 의미에선 이것이 답으로서 전해졌을 것이다.

"흠, 그래, 됐다. 그런가……. 반크라이프트가 발전하는 것을 보며 몇 가지 의아하게 여긴 점이 있었지."

"……뭔가요?"

"영지의 기후가 이상할 정도로 좋다는 점. 왕도에서는 큰비가 내리고 있는데, 반크라이프트에서는 가랑비가 내렸다고 들은 적이 많았지."

"아아……."

"눈이 내려도, 거의 쌓이는 일이 없다. 겨울에 동사하는 자가 사라졌다. 낮에는 맑게 개고, 밤에는 가랑비. 작물도 풍작이 계속되지. ……명백하게 이상하지 않은가?"

"그건……."

이 정도는 이제 괜찮으려나 하고, 엘렌은 한숨을 한 번 내쉬고서 말했다.

"대정령들이 도움을 받고 있습니다."

엘렌이 그렇게 말하자 라스엘과 시엘이 경악한 얼굴로 엘렌을 보았다.

빛, 비, 흙, 식물…… 그 외에도 여러 요소를 관장하는 대정령들에게 도움을 받고 있다고 하자, 라비스엘은 미간에 주름을 잡았다.

"그건, 언제까지 계속되지?"

"영지의 치료원이 자리를 잡을 때까지라고 생각했습니다만, 대정령들이 재미를 느낀 것 같아서…… 권속인 정령들에게 명령을 내려 멋대로 유지되는 상황이라 언제까지일지는 저도 모릅니다."

말꼬리가 조금 작아지고 말았다. 이미 엘렌의 손에서 거의 벗어났다고 말해도 좋았다.

반크라이프트령에서는 주로 밀과 비트, 옥수수 같은 것을 생산하고 있다.

대량으로 만들어진 원재료로 무얼 만들 수 있는가 하면, 정령들이 아주 좋아하는 과자와 술이다.

그것들을 감사의 의미로 매일 헌상하다 보니, 쌍방 이익을 얻을 수 있다는 관계가 생기고 말았다. 그것들이 계속된다면, 당분간은 이 상황이 유지될 것이다.

"일부 대정령을 제외하면, 원래 정령은 서로가 협력한다는 개념이 없습니다. 각각이 관장하는 것이 다르기 때문에, 다른 자에게 속한 것에 손을 대는 것은 싸움을 거는 셈입니다. 그런데 이번에 협력을 요청한 일로 식물이 윤택하게 자라고, 그것을 인간이 가공해 음료와 과자가 되고 헌상받는다. 인간에게 크게 감사를 받고, 헌상받아 자신의 것이 되었다……. 그 공정이 매우 신선했던 모양이라……."

"신선……?"

"정령이라는 존재는, 애초에 여왕의 바람에서 태어난 자. 여왕을 위해, 세계를 위해 힘을 쓰는 것이 당연하고, 그것이 사명입니다. 명령받으면 하는 게 당연. 거기에는 보수를 받는다는 개념이 없습니다. 여왕의 명령을 거절한다고 하는 일은, 자신의 존재 의의를 스스로 부정하는 셈이 되니까요."

정령의 상식은 애초에 인간과는 다르다. 거기서부터 설명하지 않으면 이해도 받지 못할 것이다.

"정령 마법사도, 그저 인간의 바람을 정령이 들어줄 수 있는 범위에서 들어주고 있을 뿐. 거기에 대가는 존재하지 않습니다."

"아, 그렇지……."

"힘의 가감을 제대로 하면, 인간 세계에서 자신의 힘이 어찌 작용하는지…… 그것이 매우 신선해서, 재미있었나 봅니다."

엘렌의 부탁으로 협력하고 새로운 것에 눈을 뜬 정령들은 서로의 힘이 어찌 작용하는지 연구하는 것이 즐거워졌다.

게다가 소속이 다른 정령들도 과자를 받는 것을 부러워하기 시작했고, 자신들도 무언가 협력할 일이 없을지 엘렌에게 물으러 오거나 했다.

지금까지 관여하지 않았던 불의 대정령은 과자를 만드는 자들에게 흥미를 느꼈고, 물의 대정령은 다양한 술이 만들어지는 과정을 알고 크게 흥분했다.

차례차례로 일을 빈고, 보수로 과자를 받는 자들을 보고 정령 사이에서 가장 수가 많다는 바람의 정령들이 "우리한테도!" 하고 법석을 부렸다.

"바람의 정령들이 자신들에게도 일을 달라는 말을 꺼내기 시작해서…… 그럼 치료원의 세탁물을 건조하는 일 거들기와 말들에게 협력해달라고 부탁했습니다."

"…………"

엘렌의 말에 라비스엘은 진심으로 머리가 아프기 시작했는지 오른쪽 관자놀이를 손가락으로 문지르고 있었다.

"앗! 그래서, 반크라이프트에는 정령과 계약한 정령 마법사가 많은 거군요?!"

라스엘이 생각도 못 했다는 얼굴로 소파에서 일어나 그렇게 말했다.

반크라이프트령에서는 여러 장소에서 정령이 목격된다는 정보가 많았다. 게다가 현재 반크라이프트에서 대정령과 계약한 자가 나타난 것을 계기로, 정령과 만날 수 있는 파워 스폿 취급까지 받고 있다고 한다.

지금까지는 학원이 그 대상이었는데, 학원의 어둠이 폭로된 지금, 계약한다면 반크라이프트의 땅이라며 정령 마법사를 꿈꾸는 자들로 넘쳐나고 있다는 소문이었다.

"아, 숙부님에게 들은 적이……."

카르가 반크라이프트령에서 정령 마법사가 되었다고 하는 이야기가 과장되어, 정령 마법사에 동경을 품은 자들이 밀려들고 있다며 사우벨이 머리를 끌어안았던 듯한 기억이 있었다.

'숙부님이 비명을 지르던 게 이거였나…….'

정령들이 작용한 결과, 사우벨의 비명으로 이어지고 만 모양이었다.

"아니, 반크라이프트라기보다 엘렌이 원인이겠지."

라비스엘이 기가 막힌다는 듯이 단언하자, 엘렌은 움찔하고 어깨를 떨었다.

"전부 다 바뀌고 있어. 엘렌 덕분에 말이야."

"……."

'어라? 칭찬받은 거야……?'

예상하지 못한 일에 엘렌은 조금 두근두근하며 가슴 설렜다. 나칭찬받은 거야?! 하고 말하듯 눈을 반짝반짝 빛내며 엘렌이 가디엘을 올려다보자, 그도 엘렌을 보며 싱긋 미소 지었다.

두 사람의 모습은 마치 잘됐다며 눈으로 대화를 나누는 것처럼 보였으리라.

"실바스트 광산이 재개된 이유는?"

"네?"

단도직입적인 라비스엘의 말에 엘렌은 무심코 되묻고 말았다.

"아~. ……땅의 대정령이 애썼다……라든가, 그런 걸까요?"

'그건 저예요!'

힘들게 변명했지만, 엘렌의 반응으로 무언가를 눈치챈 라비스엘이 홋 하고 웃었다.

"그런 걸로 해두지. 그나저나 곤란한걸. 유사시엔 협력해줬으면 싶은데."

"폐하, 저는 데릴사위로 가는 몸이라……."

그런 부탁을 할 수 있는 처지가 아니라고 가디엘이 에둘러 말했다.

"뭐야, 그런가. 그럼 또 로벨을 부려먹기로 하지."

딱히 유감스럽지도 않은 투로 라비스엘이 선뜻 말했다.

'아버지가 싫다고 소리 지를 것 같아…….'

무심코 그런 생각을 하고 말았다.

라비스엘이 가볍게 한숨을 한 번 내쉬고, 이 이야기는 여기서 끝이라고 말하자 순식간에 분위기가 풀어졌다.

예상과 달리 크게 추궁하고 들지 않는 라비스엘의 태도에 긴장하고 있던 엘렌은 조금 맥이 풀렸지만 안심했다.

학원에서의 사건 이후, 라비스엘에게서 정령을 존중하고 거리를 두는 느낌이 강하게 전해져 와서 왠지 기분이 이상하다고 할까, 엘렌으로서는 뭔가 평소와 달라 당황스러웠다.

"……두 사람, 결혼식은 언제 할 거니?"

라라루의 갑작스러운 말에 엘렌과 가디엘은 앗, 하고 동시에 목소리를 높였다. 라비스엘을 책망하듯 빤히 바라보는 두 사람의 시선에 라비스엘은 내색하지는 않았지만 조금 당황한 듯했다.

라비스엘은 헛기침을 한 번 하고서 라라루에게 말했다.

"5년 후라고 하는군."

라비스엘에게는 사전에 알려두었는데, 다른 이들에게는 전달하지 않은 모양이었다.

"5, 5년 후? 너무 긴 거 아닌가요?"

엘렌으로서는 스무 살에 결혼한다는 것은 상당히 빠른 느낌이었지만, 이 텐바르국에서 평균 결혼 연령은 특별한 문제가 없으면 성인 연령인 열여섯~열여덟이다.

5년 후가 되면 가디엘도 스물넷. 남녀 모두 귀족이면서 스물넷까지 결혼하지 않으면, 뭔가 사연이 있다고 여겨지고 만다.

길다고 느끼는 것도 무리는 아니다. 하지만 어느 쪽인가 하면 엘렌의 나이를 신경 쓰는 확인인 것 같았다.

'이 세계에서 여자는 스무 살을 넘어 초혼이면, 겨우라는 의미가 붙으니 걱정해주시는 거려나……'

정말이지 세상 살기 힘들다며 엘렌은 먼눈을 하고 말았다.

사정이 겹쳐서 약혼이 깨지는 일은 흔하다. 그렇다면 차라리 빠른 게 훨씬 낫다.

여성에게 5년 기다려 달라고 했다간 그럼 파혼하자는 흐름이 되는 것이 보통이었다.

"엘렌과 결혼은 빨라도 5년 후라고, 쌍둥이 여신님께 엄명하셨습니다."

5년쯤은 아무것도 아니라고 말하듯 여유 넘치는 가디엘의 태도에 라라루와 모두는 놀랐다.

"어머나…… 쌍둥이 여신님?"

엘렌의 힘과 몸의 균형이 무너지고 있으니, 몸의 성장을 기다렸다가 결혼하라는 말을 들었다. 힘에 관해서는 설명할 수 없다는 말을 한 직후에 그 부분을 어찌 설명하면 좋을지 알 수 없었다.

'어떻게 하지……'

설명은 미리 생각해 왔지만, 예상보다 더 긴장했는지 쓸데없는 생각까지 해버려서 잘 나오질 않았다. 그러나 생각지 못한 곳에서 엄호가 들어왔다.

"그래, 5년 후구나……. 지금 당장 결혼식을 했다간, 아무것도 모르는 사람들 눈엔 범죄로 보일 테니까. 어쩔 수 없지."

"어, 어머님……?"

범죄라는 말을 듣고 엘렌과 가디엘이 충격을 받았다.

그런 정신을 차리지 못하는 기색의 엘렌에게 라라루가 슬쩍 다가오더니 엘렌의 양손을 잡았다.

"가디엘은 지금까지 왕태자로서의 책무를 다해왔어요. 그걸 이제부터는 라스엘에게 인수해야만 해요. 우리한테도 시간을 조금 줄 수 있을까요?"

"네, 네!"

엘렌은 끄덕끄덕 고개를 끄덕였다.

"어머나, 기뻐라! 그나저나 당신, 어쩜 이렇게 귀엽나요?! 시엘은 취향이 까다로워서, 좀처럼 꾸미게 두질 않았는데!"

"어머님, 곤란하게 하지 마세요."

"어머나…… 그랬어요?"

시엘에게 혼나고 추욱 풀이 죽은 라라루를 보며 엘렌은 쓴웃음을 지었다.

"엘렌 님, 싫으면 싫다고 말하지 않으면 어머님은 끝을 모르시니까 주의해주세요."

"아니야! 너야말로 귀여운 걸 좋아하는 거 다 알거든? 어릴 때는 여동생이 갖고 싶다며 울었잖아. 이 애, 라스엘이 남자아이라는 걸 알고 실망했었다니까."

"어머님!"

"누님…… 너무해."

부끄러운 이야기를 폭로당한 시엘이 뺨을 붉히면서 화내는 옆에서, 예상하지 못했던 일을 들은 라스엘은 충격을 받았다.

"나도 저주받지 않았다면, 엘렌 님과 함께 쇼핑 같은 걸 하고 싶었는데……."

유감이라는 듯이 시엘이 말하자 엘렌은 무심코 "저기……" 하고 말을 걸었다.

"왜 그러시나요?"

"그…… 시엘 님의……."

"저요? 제가 왜요?"

엘렌은 가디엘을 힐끗 보았지만, 가디엘은 "응?" 하고 아무것도 모른다는 듯이 고개를 갸웃거리기만 했다.

아무래도 시엘에게 걸린 저주의 상태가 보이는 것은 엘렌뿐인 듯했다.

"시엘 님은…… 남들과 조금 다르게, 독특한 특기가 있지 않으신가요?"

"네?"

"그건 새일까요? 어떤 이유로 그렇게 되는 건지는, 저로서도 잘 모르겠지만……."

"새……? 무슨 말일까요?"

당황을 감추지 못하는 면면 앞에서, 엘렌은 "실례하겠습니다" 하고 말하더니 소파에서 일어나 시엘에게 다가갔다.

"엘렌?!"

가디엘의 눈에는 라비스엘들과 같은 저주밖에 보이지 않았기 때문에, 엘렌이 접근하면 시엘의 저주가 엘렌에게 뻗어올 것이라 생각했다.

"이리 오렴."

엘렌이 그렇게 말하면서 시엘을 향해서 양손을 펼친 순간, 시엘에게서 둥실 검은 저주가 솟아 나왔다.

"안 돼!"

가디엘이 서둘러 엘렌의 앞으로 뛰쳐나가려 몸을 내밀었지만, 시엘의 저주는 엘렌의 손안에서 빙글 원을 그리더니 구체가 되어 허공으로 떠올랐다.

"……어?"

어찌 된 일이냐며 모두가 눈을 크게 뜬 가운데 엘렌의 손안에 떠 있던 구체에서 갑자기 바스락하며 두 개의 날개가 자라났다.

그 후에 점점 형태가 생겼고, 그리고 최종적으로는 새의 형태로 바뀌어갔다.

"설마…… 매인가?"

라비스엘의 말대로 그것은 마치 알에서 부화한 것 같은 새까만 매의 모양이 되었다. 언뜻 까마귀로도 보였지만, 꽁지깃의 특징을 보면 역시 매인 듯했다.

"정령이라고 하기엔 조금 다를지도 모르겠지만……."

『여신……님…….』

검은 새의 이마에 엘렌이 이마를 톡 맞대었다. 눈을 감은 엘렌은 저주에서 보내져 오는 감정을 하나하나 풀어냈다.

"당신들은 저주하기보다 시엘 님의 마음에 다가가고 싶다고 바랐구나. 그래, 바람을 들어줄게."

"엘렌 그건……!"

가디엘의 제지에 엘렌은 방긋 웃었다.

"가디엘, 나는 있지……."

저주가 되어버린 정령들에게 다가가고 싶어, 엘렌이 그렇게 중얼거린 것과 동시에 매에서 빛이 넘쳐 흘러나왔다.

엘렌이 여신의 힘을 해방해 슬픈 감정에 사로잡힌 기억을 지워갔다.

이미 그들은 오랜 시간을 지나며 하나가 되어 있었다. 바람대로, 시엘의 마음만을 남기면 새롭게 다시 태어날지도 모른다.

'이거라면……!'

슈우우욱 하고 피어오른 검은 저주는 하늘로 올라가 사라져갔다. 검게 탁해진 마소가 점점 사라지자 라비스엘이 예상했던 대로, 엘렌의 손안에 남은 것은 반짝반짝하는 빛으로 가득한 작은 매였다.

그 매가 빙글 방안을 파드득파드득 천천히 돌더니, 시엘 앞으로 뛰쳐나갔다.

"이 애의 목소리를 들어주세요. 귀를 기울여줘요."

멍해 있는 시엘에게 엘렌이 다정하게 말을 걸었다.

『…………로, 클루.』

"로클, 루……?"

머릿속에 울린 목소리를 시엘이 앵무새처럼 따라 중얼거렸다. 그러자 두 사람 사이에서 빛이 넘쳐 나오고, 축복이 내려앉았다.

"시엘 님, 축하합니다! 사이좋게 지내주세요!"

방긋 웃은 엘렌을 보면서도 시엘은 여전히 멍한 채였다. 자신에게 무슨 일이 일어났는지, 사태를 제대로 이해하지 못하는 듯했다.

파드득파드득하고 로클루라는 이름의 정령은 천천히 시엘의 어깨에 착지해 뺨에 기댔다.

"설마…… 시엘의 마음이 영향을 끼쳐서, 저주가 승화되고 정령이 된 건가?"

가디엘의 중얼거림에 엘렌은 고개를 끄덕였다.

"시엘 님, 대단해요!"

가디엘의 마음에 기대어 정화되었던 것처럼, 시엘의 바람에 기대어 정령으로 정화된다.

예상치 못했던 사태에 그 라비스엘조차도 놀라고 있었다.

"거짓말…… 거짓말이야…… 그게, 우리는 저주받았다고…… 정령은 다가오지 못한다고…… 나도, 줄곧 포기했었는데……."

표정 변화가 없다는 소문이 있을 정도인 시엘이 눈물을 뚝뚝 흘리고 있었다.

"아아, 시엘……!"

라라루가 시엘에게 달려가 시엘을 꼭 안아주었다.

저주받은 왕족이 반정령화해 정령 공주와 약혼한 것만으로도 기적이건만, 저주가 정령으로 변하고, 그 정령과 계약한 자까지 나오리라고 누가 예상이나 했을까.

"시엘의 매처럼 날카로운 눈은 정령 마법 같은 것이었나. 정말이지 뭐든 잘 보는 아이라고 생각하긴 했지만……."

"이렇게 하고 싶다, 이렇게 살고 싶다 하고 바라는 마음에 저주까지 감화된 것이로군요."

시엘도 가디엘과 마찬가지로, 그만큼 강한 마음을 갖고 있었다는 사실을 알게 되었다.

"아, 폐하와 라스엘 전하는 정령에 너무 접근하지 않도록 부탁드립니다."

"어…… 어째서……."

라스엘이 충격을 받은 얼굴로 엘렌을 보았다. 그 표정에 엘렌은 면목이 없어졌다.

"두 사람의 저주는 그대로 변함이 없어서…… 죄송합니다."

"어째서 누님까지 해방된 겁니까!"

치사하다며 울 것 같은 표정이 된 라스엘의 모습에 엘렌은 슬퍼지고 말았지만, 라비스엘이 라스엘의 어깨를 잡고 말렸다.

"딸에게까지 가까이 가지 못하게 되다니……."

기쁜 일일 터인데 왠지 기쁘지 않다며 라비스엘도 복잡한 얼굴을 하고 있었다.

"정령이 가까이에 없으면, 시엘 님에게 닿는 건 괜찮습니다."

"뭐라고?"

"가디엘은 몸이 반정령화해버렸으니까…… 아, 하지만."

"왜 그러지?"

"아버지가 이야기했었어요. 가디엘은 괜찮을지도 모른다고……."

"……무슨 의미지?"

"가디엘의 몸은 반정령화했다고 해도 인간인 부분이 많으니까, 그렇게까지 영향을 받지 않을지도 모른다고 했습니다. 게다가 인간인 부분도, 원래 저주받은 상태였기 때문에 내성이 있지 않을까 하고……."

"흐음."

생각에 잠긴 라비스엘을 제쳐둔 채, 라스엘이 말없이 가디엘의 팔을 꽉 잡았다.

"앗……."

라스엘의 저주가 후욱 부풀어 올라 가디엘을 감싸려 했다.

"가, 가디엘!"

"으아앗!"

엘렌과 가디엘은 당황했지만, 감싸려 하던 검은 저주가 점점 옅어지며 스르륵 사라졌다.

"어............?"

여기에는 모두가 눈을 동그랗게 떴다. 어찌 된 일인지 생각하기 전에, 이번엔 라스엘이 가디엘을 와락 끌어안았다.

"라스엘!"

"······아무렇지도 않아! 형님, 아무렇지도 않습니다!"

가디엘의 몸을 더듬더듬 만지는 라스엘에게 가디엘은 화가 나기 시작한 모양이었다.

"라스엘—! 놀랐잖아!"

가디엘이 라스엘의 양쪽 관자놀이를 주먹으로 꾹꾹 눌렀다.

"아파아아아! 형님 너무합니다!"

"오호라······."

라비스엘도 흥미를 보이며 가디엘의 어깨에 툭 손을 올려놓았다.

이번에도 같은 현상이 일어났지만, 가디엘은 아무렇지도 않았다. 라비스엘도 재미있어하며 몇 번이고 툭툭 가디엘의 어깨를 만졌다.

"적당히 하십시오!"

가디엘은 화내고 있었지만, 어딘가 기뻐 보였다.

가족이 함께한다는 것은 역시 소중한 일이라고 엘렌은 새삼 생각했다. 연이어 기쁜 일들이 일어났고, 엘렌도 함께 기뻐했다.

제72화 텐바르 왕국 사람들

맑게 갠 푸른 하늘 아래, 완전히 평화로워진 텐바르국 왕궁의 한 방에서, 창문으로 하늘을 올려다보던 나이 든 한 정령 마법사가 한숨을 섞어가며 말을 꺼냈다.

"정령 공주를 구한 일로 가디엘 전하와 시엘 공주님이 저주에서 풀려나다니…… 이 얼마나 아이러니한 일인가."

텐바르국을 섬기는 정령 마법사들은 일련의 사건들을 간추린 형태로 설명 들었다.

가디엘의 바람이 닿고, 저주에 사로잡혔던 정령들이 해방된 일에 모두 놀라움을 감추지 못했다.

왕족의 상징이라고도 할 수 있는 맑은 파랑. 그런 가디엘의 눈동자 색이 때로 각도에 따라서 다양한 색으로 바뀌는 청자색으로 변해버린 일로 반정령화가 사실이라는 것을 안 순간, 가슴에 무거운 돌이 얹혔다.

약혼한 엘렌이 옆에 있으니, 그 색의 의미가 더욱 알기 쉬웠다.

왕궁에 있는 정령 마법사들의 반은 생애의 파트너라고도 할 수 있는 정령에게 저주받은 왕족들을 탐탁지 않게 여겼다.

그래도 좋은 대우와 그리고 조국을 생각하는 마음에서 이 나라를 섬겼다고 해도 과언이 아니었다.

"왕족을 데리러 가는 거라면, 우리로서는 무리라고 전했던 게……
지금 와서 후회되는군……."

자신들이 왕자를 지켰다면 반정령화되는 일은 없었을지 모른다.
또 다른 미래가 있었을지도 모른다.

"하지만 가디엘 전하는 행복해 보이셨습니다."

옆에 있던 또 다른 젊은 정령 마법사가 창문 아래 펼쳐진 광경을
보며 흐뭇하다는 듯이 말했다.

가디엘이 엘렌에게 첫눈에 반해 줄곧 연심을 품어왔다는 것은
주지의 사실이었다.

엘렌도 왕자들의 약혼자 후보로 올랐었지만, 얄궂게도 첫 상견
례 때 왕가의 저주가 발각되었다.

영웅의 딸과의 약혼은 이뤄질 수 없다며 모두 유감스러워했지만,
가디엘은 그래도 포기할 수가 없었던 모양이었다.

약혼자 후보도 전부 거절하고, 그 후로도 그런 쪽의 소문은 전혀
없었다. 왕태자로서 괜찮은 일인가 하는 이야기도 나왔지만, 저주
받은 일족이라는 사실이 알려지면서 주변 귀족이 왕족과 거리를
두게 된 것도 영향을 끼쳤을 것이다.

가디엘은 오히려 잘됐다는 듯이 전부 거절하고, 발전하는 반크라
이프트령에 시찰을 나가서는 멀리서나마 엘렌과 교류를 꾀하려 필
사적이었다.

아니, 어쩌면 포기하고 있었기에 마음의 정리가 될 때까지만이라

며 발버둥을 치고 있었는지도 모른다.

"설마 정말로 정령 공주와 약혼해 돌아올 줄이야……."

마치 꿈같은 이야기다. 그러나 현실일 터인데, 현실 같지 않았다.

"반정령화라니, 거짓말이라고 생각했었는데……."

영웅 로벨 때도 반신반의했었다. 그러나 영웅 로벨의 완전히 달라진 머리카락과 눈, 그 힘을 직접 보고 생각을 고쳐먹었다.

그리고 가디엘 자신도 반정령화에 의해 저주가 풀렸다. 아름다운 눈동자를 가진 정령 공주와 같은 눈동자를 가진 모습은, 옆에 있는 것을 허락받았다고 하는 증명인 듯 여겨졌다.

텐바르의 왕족은 정령 마법사가 머무는 탑 가까이에 온 적이 없다. 오면 정령들이 도망치는지라 바로 알 수 있었다.

그랬는데, 지금은 가디엘과 엘렌이 가까이 오면 통칭 정령탑이라고 불리는 이 부근에 있던 정령들이 단숨에 엘렌 곁으로 달려간다.

탑 바로 아래에서 엘렌과 가디엘이 정령들에게 둘러싸여 놀고 있었다. 그 모습을 보며 주변에 있던 정령마법사들은 당황했다.

이곳에서 일하는 정령 마법사의 대부분은 저주받은 왕족에게 그리 좋지 않은 감정을 갖고 있었다.

자신을 선택해준 파트너가 무서워할 정도의 상대. 아니, 심지어 파트너를 잡아 학살하고 그 분노를 이용해 정령 여왕을 소환하려 했던 왕족의 후예 따위에게 힘을 빌려주어도 괜찮은지 고민한 시기조차 있었다. 그리고 실제로 많은 이들이 텐바르국을 뒤로했다.

그것들은 겨우 몇 년밖에 안 된 일이었다. 나이 든 정령 마법사가 그런 생각을 하고 있으려니, 탑 바로 아래에서 환성이 일었다.

『와아! 떴다!』

『으앗, 아, 앗……!』

『가디엘, 힘내!』

시끌벅적한 목소리가 흥미를 끌었다. 방에 있던 자들이 모두 창문 아래를 내려다보았고, 둥실 떠오른 가디엘이 보였다.

『그래 맞아! 그 느낌이야!』

엘렌의 기뻐하는 목소리와 함께, 정령들도 무언가를 응원하는지 주변에 따뜻한 힘이 넘쳐나고 있었다.

사람들이 울타리처럼 둘러싼 중앙에서, 사이좋게 두 손을 잡은 엘렌과 가디엘이 둥실둥실 바닥에서 살짝 떠 있었다.

"세상에! 가디엘 전하가 부유하고 계셔……!"

왕궁에 있는 정령 마법사 중에서도 부유와 전이를 할 수 있는 자는 한 명도 없다. 과거의 기록에서도 로벨과 카이 두 사람뿐이었다.

정령 마법사가 많다고 하는 헬그녀국에도 없다고 본다. 추측이지만, 인간의 모습을 할 수 있는 대정령과 계약하지 않는 한은 불가능한 일일 거라는 소문이 퍼져 있었다.

주변에 있는 정령 마법사들도 가디엘의 호위들도 모두 놀란 나머지 엘렌과 가디엘을 멍하니 바라보고 있었다.

두 사람은 둥실둥실 허공에 떠올라, 천천히 옆으로 돌면서 즐거워했다. 그것은 마치 춤을 추고 있는 것처럼도 보이는, 매우 환상적인 광경이었다.

아직 가디엘이 비틀거리며 지면에 발이 닿을 뻔하기는 했지만, 엘렌의 도움을 받으며 다시 애쓰는 모습을 보였다.

정령 마법사의 정령들이 두 사람을 응원하듯이 주위를 빙글빙글 돌았다. 가디엘의 성공을 축하하는 것처럼도 보이는 그 광경에 주변 사람들은 그저 압도되었다.

"세상에…… 세상에……."

나이 탓인지 눈물과 함께 오열이 새어 나왔다.

아직 기억에 선명한 오래전 이야기. 이 나이 든 정령 마법사에게, 진지한 태도로 정령에 관해 물으러 왔던 가디엘 전하의 모습을 어제 일처럼 떠올릴 수 있었다.

그렇게나 정령을 좋아하는데, 정령들은 무서워하며 왕자에게 접근하지 않았다.

그것은 역대 정령 마법사들에게 왕족은 그러하다고 줄곧 들어왔던 광경이었고, 어째서 그런 것인가 하고 원인을 찾으려 한 적도 있었다.

저주받았다는 사실을 알고, 좋아하는 정령에게 무정하게도 미움받는 이유를 알았을 때 왕자의 뒷모습은 어찌나 슬퍼 보였는지. 정령 마법사는 무어라 말을 걸면 좋을지 알 수 없을 정도였다.

그저 애써 눈물을 참는 어린 왕자의 뒷모습을 바라볼 수밖에 없었다.

그 후로 몇 년이 지나, 전쟁을 회피하기 위해 죽음을 각오하고 이웃 나라로 향하는 성장한 왕자의 뒷모습을 멀리서 조용히 바라볼 수밖에 없었다.

나라를 섬기는 정령 마법사일 텐데, 나라를 상징하는 왕가에는 아무런 도움도 되지 못했다. 정령 마법사로서 힘이 있을 터이건만, 이 얼마나 무력한지.

무사히 살아 돌아와 준 것만으로도 기쁘다고 생각했는데, 설마 이런 광경을 볼 수 있으리라고는 상상도 하지 못했다.

눈물로 시야가 일그러졌지만, 왕자의 기뻐하는 얼굴을 눈에 새기려는 듯이 바로 아래를 들여다보다가 가디엘과 눈이 마주쳤다.

서로가 놀라 눈을 크게 뜨고 있다가, 가디엘이 엘렌에게 무언가 한마디를 하더니 정령 마법사 쪽을 가리켰다.

엘렌은 고개를 끄덕이곤 가디엘의 목에 양손을 둘렀고, 가디엘은 엘렌을 옆으로 안아 들었다.

그대로 두 사람은 둥실 상공으로 떠올라 창 너머에서 정령 마법사에게 말을 걸었다.

"선생님, 오랜만에 뵙습니다!"

"안녕하세요. 처음 뵙겠습니다!"

만면에 미소를 지으며 인사하는 두 사람의 말에 늙은 정령 마법사는 여전히 눈물을 흘리면서 몇 번이고 고개를 끄덕였다.

*

인간계에서 진행되는 가디엘의 수행은 왕궁의 정령탑이라 불리는 곳에서 정령 마법사들과 함께하게 되었다.

결혼할 때까지 5년 동안 라스엘에게 인계하는 동시에 인간계에서의 수행을 겸하자고 하는 이야기가 된 것이다.

그사이에 가디엘은 왕궁에서 지내고, 엘렌은 정령성에서 지내는 것으로 이야기는 마무리되었다. 가끔 시엘도 함께 섞여 정령 마법을 배우고 왕자로서의 역할도 계속해나가는 한편으로, 엘렌과 가디엘의 공동 사업에도 최선을 다했다.

그런 바쁜 나날을 보내던 어느 날, 가디엘은 인간계에서 정령성으로 전이할 수 있게 되었다.

그 타이밍에, 엘렌과 가디엘은 오리진에게 수경의 방으로 오라는 호출을 받았다.

"정령을 도우라고요?"

"그래. 두 사람에게는 슬슬 세계에도 시선을 돌려줬으면 싶어서."

엘렌과 가디엘은 서로의 얼굴을 보았다. 아직 정령으로서의 자각이 적은 가디엘은 세계를 위해서라는 말을 들어도 무얼 하면 좋을지 전혀 알 수 없었다.

여신의 일은 여신만 할 수 있는데, 어째서 가디엘까지……? 하고 엘렌은 고개를 갸우뚱했다.

"그, 전에 모두 함께 아크를 도와줬잖니?"

"네. ……또 어디서 문제가 생긴 건가요?"

"그렇다기보다, 그걸 뭐라고 하더라. ……학교에 들어갔던 것 같은 거?"

"체험 입학…… 아? 돕는 게 아니라, 순수하게 체험하고 오라는 건가요?"

"맞아, 그거야!"

도와주길 바란다기보다, 다른 정령들이 일하는 모습을 견학하라는 목적인 듯했다.

"엘렌은 알고 있을 거라고 보지만, 도련님은 모든 게 다 처음이잖아?"

"그러네요…… 반정령이 되었다고 해도 무얼 하면 좋을지 여전히 전혀 모르겠습니다."

"정령은 관장하는 힘을 각성하면 스스로 사명을 알게 되지만, 본래 인간이었던 도련님에겐 정령의 감각은커녕, 모든 게 정령과 다르잖니?"

"확실히…… 하지만 그건 하루 만에 끝나는 건가요?"

"그래. 도련님도 바쁜 모양이니, 가능하면 하루 만에 끝날 만한 걸 몇 번 반복해줬으면 좋겠다고 할까?"

"그거라면 괜찮겠어?"

엘렌이 가디엘에게 묻자, 가디엘은 기쁜 듯 미소 지었다.

"마음 써줘서 고마워. 이쪽을 최우선으로 하면 될 뿐인걸."

"그건…….."

그래도 괜찮을까? 하고 엘렌이 걱정스러워하며 가디엘을 보자, 가디엘은 "괜찮아" 하고 답했다.

"내가 없는 상황이란 것도, 이제 다들 익숙해져야 하니까."

"라스엘 님과 시엘 님, 가디엘을 좋아하는 아이들인걸."

키득키득 웃는 엘렌은 요즘 들어 가디엘 옆에 딱 달라붙어 떨어지지 않는 두 사람을 떠올리고 웃었다.

"날 좋아하는 아이들이라니, 말도 안 돼. 입만 열면 싫은 소리밖에 안 한다고. 나는 조금 더 말 잘 듣는 동생들이 갖고 싶었는데."

"그렇게 말하지만, 가디엘도 기뻐 보이던데?"

"어…… 그랬어?"

"응!"

"그야 얼마 전까진 잘 따르질 않았으니까, 신선하기는 하려나……."

라스엘은 자신의 저주가 풀리지 않을까 하고, 한 가닥 희망을 걸고서 가디엘에게 붙어 있는 것 같았다.

가디엘은 정화할 수 없다고 몇 번이고 설명했지만, 말을 들어주지 않는 모양이었다.

시엘은 어느 쪽인가 하면, 엘렌과 이야기를 나누고 싶은지 자주 다과회에 초대받게 되었다.

예상외로 둘은 대화가 아주 잘 통했다. 라필리아와는 다른 타입이기는 하지만, 두 사람 모두 어딘가 엘렌을 여동생처럼 생각하고 있어서인지 마음을 잘 써주었다.

게다가 시엘은 사실 귀여운 것과 연애 이야기를 매우 좋아해서, 이야기에 꽃을 피우곤 했다.

'괜찮으면 다음엔 라필리아도 초대하고 싶은데…….'

이 두 사람은 동적인 라필리아와 정적인 시엘이라고 할 만큼 정반대였지만, 잘 맞을 것만 같았다.

왕족과 기사 견습이라는 신분으로는 좀 어려울지도 모르지만, 제안만이라도 해보고 싶다고 생각했다.

"엘렌, 좋겠다. 재미있을 것 같아~. 나도 엘렌 친구들이랑 연애 이야기를 하고 싶어~."

한숨을 섞어가며 오리진이 한 말을 듣고 가디엘이 "네?" 하고 놀랐다.

"시엘과 연애 얘기를 하는 거야……?"

"아아앗! 어머니! 쉿!"

시엘에게 가디엘과의 일을 질문받았던 것을 떠올리고 엘렌은 얼굴을 빨갛게 붉혔다. 엘렌의 연애 이야기라니, 대상이 바로 옆에 있다 보니 너무나도 부끄러웠다.

"흐응~?"

의미 있어 보이는 시선을 받고 엘렌은 식은땀을 줄줄 흘렸다. 슬쩍 시선을 돌린 엘렌의 뺨에 가디엘이 쪽 입을 맞췄다.

"으아아!"

"후후후, 나중에 제대로 듣기로 할까."

"가디엘!"

새빨간 얼굴로 허둥거리며 당황하는 엘렌과 엘렌을 사랑스럽다는 듯이 바라보는 가디엘의 모습을, 오리진은 흐뭇한 얼굴로 조용히 지켜보았다.

오리진이 조용하다는 것을 깨달은 엘렌은 퍼뜩 정신을 차렸다.

'어머니가 다 보고 말았어!'

"아잉~ 딸이 행복한 것 같아서 다행이야. 나도 로벨한테 졸라볼까?"

"그거 좋을 것 같습니다. 여왕님의 연애 이야기라니, 로벨 님도 분명 기뻐하실 게 틀림없습니다."

"어……? 그건 반대인 게……."

"그렇지?! 그럼 내일 아침, 여기서 기다려줘! 로벨~!"

오리진은 전이해서 로벨이 있는 곳으로 향한 것 같았다. 내용에 따라서는 부모님의 큰 싸움이 벌어질 것만 같아서 엘렌은 더욱 식은땀을 흘렸다.

최근 가디엘은 오리진을 다루는 데 어찌나 능숙해졌는지 엘렌은 쩔쩔매고 있었다. 이것도 로벨을 교란하기 위한 한 방법인 것이리라.

'요즘 아버지가 가디엘이 속 시키면 분과 닮아서 상대하기 어렵다고 했던 게 이런 거구나……!'

엘렌은 가디엘에 서서히 간격을 좁혀 오자 뒷걸음질 쳤다. 가디엘은 휙 하고 전이하는가 싶더니, 갑자기 눈앞에 나타나서 엘렌을 번쩍 안아 들었다.

"꺄악!"

"잡았다."

엘렌은 아직 이런 일이 익숙하지 않았다. 얼굴을 새빨갛게 붉힌 채 부루퉁하게 뺨을 부풀리고 있자 가디엘이 이마와 이마를 콩 맞댔다.

"미안, 미안."

"정말이지~ 놀라니까 하지 마!"

"응. 미안해."

그렇게 안아 든 채로 두 사람은 정령성의 정원에 있는 벤치로 이동했다. 엘렌을 벤치에 내려놓고 그 옆에 가디엘도 앉았다.

그리곤 도망치지 못하도록 손을 잡는지라, 엘렌은 당황했다.

"시엘과 어떤 이야기를 했어?"

"그게……."

뭐라 말하면 좋을까. 시엘의 이야기는 허락을 받지 않았으니 멋대로 꺼낼 수 없었지만, 아무래도 가디엘은 자신들 사이의 일을 시엘에게 무어라 이야기했는지가 궁금한 것 같았다.

"어째서 가디엘을 좋아하게 됐는지 같은 걸…… 질문받았어……."

엘렌이 속삭이듯이 말하자 가디엘은 흥미가 일었는지 몸을 쑥 내밀었다.

"엘렌은 뭐라고 말했어?"

"우으…… 비, 비밀……!"

"그건 치사하잖아. 나도 알고 싶어."

"우으으으으……!"

새빨개졌다는 자각은 있었다. 부끄러운 나머지 몸도 화끈거렸다. 하지만 거짓말을 할 수는 없다고 여기며 엘렌은 더듬더듬 말을 꺼냈다.

"내버려 둘 수가 없었다고…… 시엘 님에게 말했어."

"뭐?"

놀라서 눈을 크게 깜빡이는 가디엘에게 엘렌은 조그맣게 대꾸했다.

"그, 그러니까, 가디엘과 처음 만났을 때는 싫다고 생각했어……."

"으……."

순간 가디엘이 축 풀이 죽었다. 그 모습에 엘렌은 당황했다.

실제로 가디엘은 시엘에게도 어디에 좋아할 만한 요소가 있는지 모르겠다는 말을 직접 들었던 것이다.

"라필리아가 유괴당했을 때…… 가디엘에게 충고했던 일, 기억해?"

"아, 응. ……텐바르 왕족은, 후회하지 않으니 사죄해서는 안 된다고 가르쳐줬었지."

"응. 그때부터, 가디엘이 달라져서……."

"달라졌나?"

"반크라이프트령의 개혁에 흥미를 갖고 이것저것 참가하거나 했잖아?"

"아, 그러네. 실제로 흥미 깊었거든."

"라필리아 어머니의 일을 알려주었을 때도, 나와의 약속을 지키려 해줬고."

"……응."

"그런 게, 무척이나 기뻤어. 그 무렵부터 조금 신경 쓰였다고…… 해야 하려나?"

"어……."

"……하지만 나는 정령이니까, 관여해서는 안 된다고 생각했어."

"엘렌……."

"아미엘이 가디엘의 목을 헬그녀에 바치겠다고 말했을 때, 머리가 새하얘져서⋯⋯."

그때의 일을 떠올리고 고개를 숙인 엘렌을 가디엘은 끌어안았다.

조금씩, 조금씩. 여러 일들이 거듭되면서 엘렌은 점점 가디엘이 신경 쓰이기 시작했다.

하지만 안 된다고, 스스로를 타이르고 모르는 척을 했다. 그랬는데, 가디엘이 죽을지도 모른다고 생각하자 더는 참을 수가 없었다.

"그랬구나⋯⋯ 후후, 기쁜걸."

엘렌의 머리 위에서 가디엘의 기쁜 듯한 목소리가 들렸다.

생각지도 못했던 대답을 듣고 놀라서 몸을 뗀 엘렌이 가디엘을 올려다보자, 가디엘은 기회를 놓치지 않고 엘렌의 입술을 빼앗았다.

"정말!"

"미안, 미안. 엘렌이 귀여워서 그만."

가디엘은 엘렌을 꼭 끌어안았다. 그렇게 얼버무리려는 느낌이 들었지만, 엘렌은 기억을 떠올리고 가라앉으려던 기분이 풀렸다는 것을 알아차렸다.

"내가 죽임을 당한 거라는 이야기를 듣고⋯⋯ 화내준 거구나. 고마워."

"⋯⋯응."

엘렌도 꼬옥 가디엘에게 매달렸다. 그때의 두려움을 떠올리고 저도 모르게 몸을 떨었는지, 가디엘이 감싸 안아주었다.

가디엘이 살아 있다고 하는 실감이 체온을 통해 전해져 왔고, 엘렌은 안심했다.

"나는…… 어떻게든 엘렌의 관심을 받고 싶었으니까, 멀리 돌아 간다고 생각하면서도 착실하게 접근했었지."

"뭐……?"

예상하지 못한 가디엘의 고백에 엘렌은 너무 놀라 눈을 끔뻑였다.

쓴웃음을 지으면서 가디엘은 "시엘에게 충고를 받았거든……" 하고 어깨를 축 늘어뜨리고 말했다.

"내 행동은 기분 나쁘다고……."

"풉……!"

시엘의 예상외의 공격에 엘렌은 무심코 뿜고 말았다. 키득키득 웃는 엘렌의 모습을 본 가디엘은 귀가 축 처진 커다란 강아지 같은 눈을 하고서 풀이 죽었다.

"그때는 너무 간절해서, 자신을 돌아볼 여유조차 없었는걸……."

"후후후……! 그랬구나."

"나는 어렸을 때부터 정령을 동경했었어. 친구가 되고 싶어서, 이 야기해보고 싶어서 견딜 수 없었어."

가디엘의 예기치 못한 고백을, 엘렌은 조용히 듣고 있었다.

"정령 마법사 선생님에게 어째서냐고 질문을 퍼붓기도 했지. 아무리 애써도 정령이 도망치는 이유를 알 수 없어서, 선생님은 필사적으로 이유를 찾아주려 하셨어."

"혹시, 그때 울고 있던 할아버지……?"

"맞아. 왕족이 저주받았다는 걸 알고 정령 마법사들은 우리를 기피하게 되었어. 접근하지 말아달라는 냉정한 말을 듣고 무척이나 슬펐지……. 하지만 그 선생님만은 이 저주를 풀 방법이 없을지 찾아주셨어."

"그랬구나……."

정령탑에 있던 할아버지 선생님을 놀라게 해주려 가디엘은 높은 창밖까지 날아올라 인사했다.

그때 할아버지는 울면서 고개를 끄덕였다. 기쁜 표정으로 가디엘을 보던 광경이 인상적이어서 잊히질 않았다.

"엘렌이 정령이라는 걸 알고는 정신없이 몰두했었어. 너와 이야기하고 싶어서, 필사적이 됐지."

"……내가 정령이라서?"

"아니, 지금이니까 할 수 있는 말이지만, 정령이라는 이유로 그렇게 필사적이 되진 않지."

"어……?"

"그게, 엘렌과 이야기하기 전에 흄과 만난 적도 있고, 정령 마법사는 왕궁에도 있잖아. 그저 순수하게 엘렌과 이야기하고 싶었어. 교회에서 한 번 보고, 네가 좋아져버렸으니까."

"……!"

화르륵 하고 다시 새빨개진 엘렌을 보고 가디엘은 큭큭 웃었다.

"엘렌이 나를 바라봐 주고, 이야기해주고…… 하나씩 꿈이 이뤄질 때마다 정말이지 기뻤어. 그리고 점점 욕심이 커지고 말았지."

"가디엘……."

"엘렌과 대화할 수 있게 된 것만이 아니라, 계약까지 해줄 줄은 상상도 못 했었어. 게다가 지금은 약혼자라니. 엘렌과 함께 어디까지 갈 수 있을지, 앞으로가 무척이나 기대돼."

황홀해하며 그런 식으로 말하자, 그렇게 생각해준 것인가 하는 실감이 들어 엘렌도 기뻐졌다.

"하지만, 나는 그렇게나 미덥지 못한 건가……?"

"응?"

"내버려 둘 수 없다니…… 그런 의미인 게 아닌가 해서."

"앗!"

잠시 두 사람은 조용히 침묵했다. 엘렌이 어찌 변명하면 좋을지 몰라 머리를 열심히 굴리고 있는 사이에 가디엘은 그것을 긍정이라고 받아들인 모양이었다.

마치 가디엘의 보이지 않는 귀와 꼬리가 다시 축 처진 것만 같았다.

"내버려 둘 수 없다고 할까, 나도 가디엘이 신경 쓰였던 거라고 생각해……."

엘렌의 말에 아래를 보고 있던 가디엘이 고개를 들었다. 반짝반짝한 눈으로 엘렌을 보고 있어서 조금 말하기 어려웠다.

"어머니에게 들은 적도 있어. 그만두라고……."

"여왕님께……?"

"가디엘이 비석에 기도하고 있을 때부터, 나도 신경 쓰고 있었다고 생각……해……."

새빨개지면서 말꼬리가 점점 작아지는 엘렌을 보며 가디엘의 보이지 않는 귀와 꼬리가 휙휙 움직이는 것 같은 기척이 느껴졌다.

"엘렌이 그렇게 생각해줬다니 기쁜걸. ……그런데, 시엘은 뭐라고 말했어?"

"어?"

갑자기 돌아온 가디엘의 말에 엘렌은 당황하면서도 그때의 일을 떠올렸다.

"저기, 그…… 정말로 괜찮은 거야? ……라고 말했어."

엘렌은 에둘러 말할 셈이었다. 그러나 그것은 왕비인 라라루에게도 들은 말이었던지라, 가디엘도 시엘이 무슨 말을 하고자 했던 것인지 이해한 듯했다.

"그건, 틀림없이 내가 미덥지 못하다고 생각하는 거네."

그 자식…… 하고 원망스럽다는 듯이 말하는 가디엘에게 엘렌은 쓴웃음을 지었다.

"시엘은 본인 일을 알려주거나 하지 않을 거라고 보지만, 상담받거나 하기도 해?"

"시엘 님에게 상담이라……."

으음~ 하고 엘렌이 생각에 잠기자 가디엘은 쓴웃음을 지었다.

어느 쪽인가 하면, 시엘은 남의 연애 상담을 받아주는 경우가 많다. 심지어 주변에서는 시엘에게 상담하면 사랑이 이뤄진다는 소문까지 나 있었다.

그런 상대가 명백하게 연애 초심자인 엘렌에게 상담할 거라고는 생각하지 않았지만, 가디엘은 무심코 물었던 것이다.

*

　정령의 저주가 풀리고, 더욱이 정령과 계약한 일이 알려지면서 시엘에게는 혼담이 엄청나게 밀려들기 시작했다.

　시엘과 라라루는 대량의 신상명세서에 파묻혀, 이건 이래서 안 되고 저건 저래서 안 된다고 구분하느라 바빴다.

　어느 날, 엘렌이 라라루에게 처음으로 귀족의 다과회라고 초대받아 가보았더니, 지정된 장소는 왕궁의 응접실이었다.

　'귀족의 다과회는 이런 식인가······?'

　정원에서 꺅꺅하는 그런 이미지를 가지고 있었던 엘렌은 방에 있는 사람이 라라루와 시엘뿐이라 놀랐다.

　"어라······?"

　메이드들이 차를 준비해주는 건가 했는데, 테이블에 떡하니 자리 잡은 책자 다발로 시선이 갔다.

　그 사이에 재주 좋게 차와 과자가 놓여 있는 것을 발견한 엘렌은 당황했다.

　"엘렌, 이분은 어떤 것 같니?"

　최근 라라루는 엘렌을 몹시 편하게 대하게 되었다.

　'여러 사람에게 엘렌이라고 불리지만, 왠지 이상한 기분이 들어.'

　친밀한 태도에 엘렌은 놀라기도 했지만, 싫지는 않았다. 그런 한편으로 어린아이로 여겨 편히 대하는 것인가 하는 불안도 떨칠 수 없었지만, 엘렌은 그대로 두었다.

"이분······ 말씀인가요?"

고개를 기울이며 내밀어진 책자를 보니, 남성의 초상화가 있었다.

"어라? 혹시 이건······."

"시엘에게 들어온 맞선 상대의 소개서란다."

다과회라고 듣고 왔더니 시엘에게 들어온 신상명세서를 보고 이분 어때? 같은 질문을 받았을 때는 놀랐다.

"폐하께서 이 사람들 중에서 고르라고 하신 건가요······?"

주저주저하며 묻자 시엘과 라라루는 어리둥절해했다.

"어머나, 그런 거 아니란다!"

라라루는 생긋 웃으면서 그렇게 답했다. 귀족은 그런 거라는 선입관이 있었던 엘렌은 놀랐다.

"일단 받았으니까 일단 보고 있을 뿐이야. 가끔 거절하기 곤란한 분도 있지만."

난처하다니까~ 하고 대수롭지 않은 투로 말하는 라라루의 옆에서 시엘도 태연한 얼굴로 신상명세서를 펼치고 있었다. 그러나 그 자리에서 휙휙 바닥으로 내던져 버렸다.

메이드들은 익숙한 일인지, 버려진 신상명세서를 주워 왜건 위에 수북하게 쌓아갔다. 저것들은 불가 도장이 찍혀 반환되리라.

"얼굴은 중요하지~."

"저는 학력이 신경 쓰여요."

"어머, 이분은 지난번에 바람을 피워서 추궁당했었는데. 무슨 생각으로 보내온 걸까? 버려."

"정령 마법사는 안 계신 걸까요?"

"귀족이면서 시엘과 나이가 맞는 정령 마법사는 없을 거야. 있어도 가문의 후계자잖니? 그건 안 돼."

라라루와 시엘은 순식간에 구분을 마치고 남은 것을 찬찬히 보고 있는 모양이었다.

엘렌은 놀라 멍하니 그 모습을 바라보고 있었다. 소외된 엘렌을 눈치챈 라라루는 고개를 들고 엘렌을 향해서 방긋 웃어 보였다.

"엘렌도 혼담이 많이 들어오지 않았니?"

"네?"

"영웅 로벨 님의 사랑받는 따님이잖아? 정령계의 공주님이기도 하니까, 아주아주 많지 않았을까?"

라라루가 키득키득 웃으면서 그런 말을 했지만, 엘렌은 고개를 갸우뚱할 뿐이었다.

"그런 이야기는 한 번도 들은 적이 없어요."

"뭐?"

"애초에 정령은 모두 형제 같은 존재라서……."

"어머나."

아크에게 "결혼하자" 같은 말을 듣고는 있지만, 엘렌은 언제나 "아웃!"이라고 말하며 거절했다.

"엘렌 님의 경우엔 로벨 님이 가만히 있지 않을 거라고 생각해. 오히려 오라버니가 무사한 게 신기할 정도라고 생각하는걸."

"아, 아하하……."

'아버지한테 죽을 뻔했다는 건 말 못 해…….'

가디엘이 깨어났을 때의 소동을 떠올린 엘렌은 조금 먼눈을 하고 말았다.

"저기, 속 시커…… 폐하께 이 사람과 결혼하라고 명령받은 건가요……?"

무심코 평소 버릇대로 '속 시커멓다'고 말할 뻔했지만, 서둘러 '폐하'라고 고쳐 말했다.

엘렌의 말을 듣고서 라라루와 시엘이 어리둥절한 표정을 지었고, 이어 라라루가 주먹을 불끈 움켜쥐었다.

"그런 짓, 내가 절대 용서하지 않아!"

"그 말대로, 어머님이 크게 반대하실 거야."

어쩐지 오리진을 보고 있는 것 같아서 엘렌은 조금 안심했다.

"다른 나라는 어떤지 모르겠지만, 쌍둥이 여신의 제약이 있으니까 기본적으로 맞선이라고 해도 얼마간 교제를 하고 결정하는 연애결혼이 장려되고 있거든. 이건 그 전에 차라도 한 번 마시면 어떨지? 하는 신청인 거야."

"호오오!"

"엘렌 님 사는 정령계는 어때? 가족 같은 거라곤 해도, 결혼하는 정령님도 계시겠지?"

"아…… 대정령 사이의 구혼은, 치고받는 경우가 많다고 들은 적이 있어요."

"엑?"

예상하지 못한 말에 시엘과 라라루만이 아니라, 벽 쪽에서 대기하고 있는 메이드와 근위들도 움찔하며 굳어졌다.

단숨에 주목을 받게 된 기분이기는 했지만, 엘렌은 딱히 개의치 않고 말을 잇기로 했다.

"정령이 되기 전의 바탕이 된 종족에 따라 구혼 방식이 달라진다고 해요…… 그리고 노래하거나 춤추거나?"

그 외엔 과연 어떨까? 하고 고개를 갸웃거리는 엘렌의 모습에 라라루는 들고 있던 신상명세서를 휙 호쾌하게 내던지더니, 흥미진진해하며 몸을 쑥 내밀었다.

"어머, 그럼 그 애는 엘렌에게 어떻게 구혼했니?"

"네……? 앗!"

그 애라는 말을 듣고 바로 가디엘을 뜻하는 것이라고 알아차린 엘렌이 화끈 얼굴을 붉혔다. 시엘과 라라루는 싱긋 웃었다.

"오라버니가 로벨 님에게 이길 수 있을 것 같지 않은데. 대체 어떻게 한 걸까?"

"어머. 하지만 그 애는 정말이지 포기할 줄을 모르는 애니까, 로벨 님이 보지 않는 틈을 노려서라도 엘렌에게 접근했을걸?"

두 사람이 멋대로 상상을 부풀려가자 엘렌은 쩔쩔매기 시작했다. 그리고 라라루의 고찰은 크게 틀리지도 않았기 때문에 무심코 감탄하고 말았다.

"그래서, 진상은 어떠려나?"

몸을 내밀고 적극적으로 묻는 두 사람의 모습에 엘렌은 우물쭈물

하면서 "비밀이에요……" 하고 얼굴을 새빨갛게 물들이며 말했다.

"마음대로 이야기했다가 가디엘이 화내기라도 하면 싫으니까……
죄송해요."

가디엘은 그런 일로 어이없어하지도 화를 내지도 않을 거라 보지
만, 그리 좋은 일은 아니라고 생각했다.

말하지 못하는 것을 죄송스러워하는 느낌으로 어깨를 축 늘어뜨
리며 말하자 시엘과 라라루는 어째선지 감동한 얼굴을 했다.

"정말이지 기특해……."

"오라버니…… 이건 죄야……."

어째선지 두 사람은 머리를 끌어안고 있었다. 뭔가 이상한 말이라
도 해버렸나 하고 엘렌이 안절부절못하고 있으려니, 벽 쪽에서 대
기하던 메이드와 근위들도 살짝 얼굴을 붉히며 잘게 떨고 있었다.

'어라? 이상한 말을 한 걸까? 다들 웃고 있는 거야?'

주변 사람들은 순수하게 수줍어하며 몸을 꿈틀대고 있을 뿐이었
지만 불안에 빠진 엘렌은 알아차리지 못했다.

라라루는 곧바로 등을 쭉 펴고, 부채를 착 펼쳐 입가로 가져갔다.
흠흠 하고 가볍게 기침하자 주변 사람들은 자세를 바르게 했다.

라라루는 불안해하는 엘렌에게 웃어 보이고, 이번에는 시엘에게
로 화제를 돌렸다.

"시엘에게도 그런 사람이 나타나려나?"

"글쎄요. 이분들의 손바닥 뒤집는 듯한 태도를 보고 있자니, 당
분간은 무리일 것 같네요."

테이블 위의 신상명세서를 손가락으로 탁 튕겼다. 그리고 테이블에 놓인 찻잔을 손에 들더니 우아하게 홍차를 마셨다.

"어머나."

라라루는 키득키득 웃었다. 하지만 아무래도 무언가 짚이는 바가 있는지 눈을 반짝 빛냈다.

"도서관의 그 사람은 어떠려나?"

라라루의 폭탄 발언에 시엘의 몸이 움찔하고 굳어졌다.

"시엘 님, 좋아하는 분이 계신 건가요?"

엘렌의 기대에 찬 목소리에 주변에 있던 메이드와 근위들도 들뜨는 것이 전해져 왔다.

찻잔 가장자리에 입술을 댄 채로 시엘은 힐끗 라라루를 노려보았다.

"시엘은 폐하가 예뻐하시니까, 가능하면 데릴사위 쪽이 좋겠지~."

무언가 의미심장한 말에 엘렌은 의미를 알 수 없어 고개를 갸우뚱했다. 그러나 시엘에게는 그 의미가 전해졌는지, 점점 귀가 붉어졌다.

"…………그분은 언제 그쪽으로 돌아갈지 몰라요."

자세히 들어보니, 이쪽에 유학을 와 있는 분인 것 같았다. 왕가의 도서관을 자주 이용한다는 것에서 상대가 귀빈이라는 사실을 알 수 있었다.

"어머나, 돌아가지 못하게 하면 되잖아."

"어머님…… 저쪽은 저희를 그리 좋게 여기지 않을 거예요."

한숨 섞인 말에는 어딘가 포기한 듯한 감정이 섞여 있는 듯했다. 이뤄질 수 없는 사랑을 하고 있는 것인가 싶어진 엘렌은 참기 힘든 기분이 되었다.

"상대분은, 시엘 님에게 차가운 태도를 보이고 있는 건가요……?"

"상대도 명색이나마 귀족이니까, 아무래도 그러진 않을 거야. 하지만 숙부님과는 사이가 좋은 것 같으니까……."

"폐하의 동생분이신 오르엘 님이 보살피고 있는 분이란다."

"그런가요."

원래대로라면 엘렌도 텐바르국의 왕족들을 외워야만 하겠지만, 라비스엘에게 외우지 않아도 괜찮다는 말을 들었다.

자칫 외웠다가 친하게 지내달라고 접근하는 무리가 나올지도 모른다. 엘렌에게는 절대 접근시키지 않겠다며 보호하고 있는 것이다.

일단 왕족의 가족만큼은 머릿속에 넣어두었기 때문에, 설명이 없어도 오르엘이 라비스엘의 동생이라는 것은 알았다. 하지만 라라루는 친절하게 착실히 설명해주었다.

쓸데없이 참견해선 안 된다며 철저하게 방관하겠노라 생각하고 있으려니, 라라루가 엘렌에게 귓속말을 해 왔다.

'상대는 아미엘과 교환 유학생으로 헬그너에서 온 분이란다. 저쪽 왕의 동생분이지. 저쪽으로 돌아가면 목숨이 위험하니 여기서 보호하는 중이야.'

경악한 표정을 지은 엘렌은 저도 모르게 시엘을 보다 눈이 마주쳤다.

"어머님……."

"어머나. 하지만 엘렌도 알 권리는 있다고 보는데."

후후후하고 웃는 라라루의 모습에 시엘은 한숨을 내쉬었다.

헬그녀와 텐바르의 왕족. 불화에서 파란을 낳을지도 모른다. 하지만 그것조차도 뛰어넘는다면 멋진 일이 아닐까.

엘렌에게 있어 헬그녀와의 대립은 기억에 새롭다. 하지만 그쪽은 그쪽대로 새로운 길을 찾고 있을 것이다.

'에레가 있으니까…….'

그로부터 얼마 후, 헬그녀는 검은 고양이 정령 로레 신앙에서 순수한 정령 신앙으로 조금씩 바뀌고 있다고 한다.

"그래도, 시엘은 움직여야만 한다고 생각해."

"네……?"

라라루가 슬쩍 꺼낸 신상명세서에는 헬그녀의 왕 듀란이 실려 있었다.

"에에에에엣~!"

너무나도 충격적이라 엘렌은 무심코 소리치고 말았다.

"이건……."

"거절하는 건 어려워. 하지만 너는 정령 마법사가 됐잖니. 제멋대로 굴어도 돼."

부채를 접고 찡긋 윙크하는 라라루을 보며 시엘은 미간을 찌푸리고 잠시 침묵에 잠겼다.

왕족 간의 결혼은 무엇보다도 우선시된다. 만약 시엘이 정령 마법사가 되지 않았다면, 무조건적으로 일이 진행되었을 것이다.

거절하는 것도, 사랑을 이룰 수 있는 것도 지금뿐이라며 선택을 강요당하고 있었다.

테이블에 펼쳐진 신상명세서를 노려보던 시엘은 갑자기 치맛자락에서 무언가를 꺼내는 듯한 행동을 하는가 싶더니, 듀란의 신상명세서를 향해서 푹! 하고 무언가를 꽂았다.

"꺄악?!"

충격과 함께 엘렌은 반사적으로 펄쩍 뛰었다. 무슨 일이 일어난 것인가 하고 식은땀을 흘리며 굳어져 있으려니, 듀란의 신상명세서에 굵은 바늘이 꽂혀 있었다.

창백해진 엘렌을 내버려 둔 채, 시엘이 자리에서 벌떡 일어났다.

"실례."

시엘은 큰 보폭으로 성큼성큼 방을 나섰다.

그것을 놀라 바라보는 엘렌과 재미있다는 듯이 웃는 라라루.

주변에 대기하던 자들에게도 익숙한 일인지, 시엘의 거친 행동에 전혀 동요하지 않았다.

"엘렌, 쫓아가자!"

"네? 네?!"

시엘을 선두로 줄줄이 사람을 이끌고서 왕실 도서관으로 향했다.

거기서 오르엘과 함께 이야기 나누는 남성을 보고 엘렌은 앗 하고 생각했다.

시엘의 뒤로 라라루을 포함해 지금 화제인 엘렌까지 나타나자 도서관에 있던 자들은 무슨 일인가 하고 술렁였다.

"크라하 님, 잠시 괜찮을까요?"

"어? 아, 네……?"

옆에 있던 오르엘도 고개를 갸우뚱거리고 있는 상황에서, 시엘은 심호흡을 한 번 한 다음 그 자리에서 말을 꺼냈다.

"저와 결혼해주세요."

크라하는 눈을 크게 뜨고서, 들고 있던 책을 툭 떨어뜨렸다.

*

엘렌은 시엘과의 대화를 떠올리고 그만 후후후, 하고 웃고 말았다.

"나한테는 가르쳐주지 않는 거야?"

잠시 소외되어 있던 가디엘이 삐친 것처럼 말했다.

"시엘 님의 이야기는, 이미 소문이 났을 거라고 생각하는데."

"뭐? 그런 소문이 있었던가……?"

가디엘은 고개를 갸웃거렸고 엘렌은 그때의 일을 떠올리고 감동에 젖었다.

"지금 떠올려 봐도 가슴이 두근두근해."

엘렌은 가슴에 손을 대고서 황홀해했다. 용기 넘치던 시엘의 행동은 이제 전설화되어 가고 있다. 그 행동력은 정말로 대단했다.

밀어붙이는 공주의 재래라는 소문이 났는데, 그 밀어붙이는 공주가 바로 자신의 할머니인 이자벨라라는 것을 엘렌은 알지 못했다.

"나한테는 두근거리지 않아?"

"으앗!"

옆에 앉아 있던 가디엘이 어깨를 기대 오자 엘렌은 놀랐다. 무심코 가디엘 쪽을 보니, 상당히 가까이에 얼굴이 있어서 어깨가 움찔했다.

응? 하고 고개를 기울이는 가디엘에겐 이길 수 없다고 엘렌은 생각했다.

"…………두근거려."

조용히 뺨을 붉히며 엘렌이 그렇게 말하자 가디엘은 행복해하며 웃었다.

"엘렌, 고마워."

"우으으으!"

뭔가 당해버린 기분도 들었지만, 엘렌은 행복했다.

제73화 관장하는 힘과 세계의 연결

　오리진에게 불려 갔던 다음 날, 엘렌과 가디엘은 수경의 방으로 향했다.

　거기에는 이미 로벨과 오리진, 아크와 리히트와 반이 대기하고 있었다. 로벨과 오리진은 서로 쌍둥이를 한 명씩 안고 있었는데, 배웅해주러 왔다는 것을 알아차린 엘렌은 미소를 지으며 다가갔다.

　"다들 안녕! 베르크, 사티아!"

　"누냐! 우!"

　"엉냐!"

　쪽쪽, 쌍둥이의 이마에 뽀뽀하자 엘렌의 동생인 쌍둥이는 꺄꺄하며 기뻐했다.

　"배웅해주는 거야?"

　"우! 아!"

　"으꺄아!"

　잘 이해하지 못하고 있을 테지만, 쌍둥이는 엘렌을 보고 응응하고 고개를 끄덕였다. 그런 동생들이 너무나도 귀여워 엘렌의 얼굴은 완전히 풀어졌다.

　쌍둥이 중 오빠인 베르크가 「성실」을 관장하고, 여동생인 사티아가 「정직」을 관장한다. 이 힘은 쌍둥이 여신에게서 이어진 것인지,

오리진이 "세상에" 하고 놀랐었다.

동생들이 태어난 지 열 달 정도가 지난 지금, 베르크와 사티아는 인간 아기와 같은 속도로 성장하고 있다. 기념할 만한 쌍둥이들의 첫 말은 "웅냐" 였다.

그 말을 듣고 크게 기뻐한 엘렌의 옆에서 오리진은 "안 돼~! 다음은 나야~!" 하고 쌍둥이에게 엄마라는 말을 가르치려 필사적이 되었고, 로벨도 "나도!"라며 오리진과 함께 안간힘을 썼다.

다음 승리를 거머쥔 것은 당연히 오리진이었고 로벨은 아직까지 불리지 못한 모양이었다.

쌍둥이는 모두 무언가를 잡고 설 수 있게 되었고, 비틀비틀 조금 씩이지만 걸을 수 있게 되었다.

베르크는 말을 배우는 게 빨랐고, 사티아는 마법의 낌새를 때때로 보였다.

힘의 각성이 빠른 것은 사티아 쪽이 아닐까 하는 이야기가 나왔고, 엘렌 때처럼 큰 소동이 벌어져서는 안 된다며 오리진과 모두는 앞을 내다볼 수 있는 보르에게 상담했다. 그러나 보르는 "비밀이야!" 하고 웃으며 전혀 가르쳐주지를 않았다.

"무슨 일이 생긴 다음은 늦는데……."

"자자, 쌍둥이의 성장은 기대되고 기다려지는 것도 사실이니까, 지금은 지켜보기로 하자."

오리진의 말에 로벨은 떨떠름하게 고개를 끄덕였지만, 엘렌은 어딘가 마음속으로 알아차리고 있었다.

'아마도, 아버지와 관계가 있을 것 같아……'

쌍둥이 여신은 로벨을 놀리는 재미가 있을 것 같다는 이유만으로 행동하는 경우가 많았다. 틀림없이, 놀리고 있는 것이리라.

엘렌의 경우엔 엘렌은 여신이기 때문에 제약으로 간섭할 수 없었고, 보르에게도 보이지 않았다고 들었다. 그런데 쌍둥이는 그 제약에는 포함되지 않는 모양이었다. 그렇다는 것은, 보르는 의도적으로 입을 다물고 있다는 뜻이었다.

'어머니가 보르 언니는 웃고 있었다고 말했으니까 괜찮을 거라고는 보지만……'

그런 식으로 주변에 걱정을 끼치고 있다는 것은 모른 채, 엘렌을 무척이나 좋아하는 쌍둥이는 엘렌에게 찰싹 달라붙어서 떨어지려 하지 않았다.

엉금엉금 기어서 어디까지고 쫓아오는 것이 참을 수 없이 귀여웠다. 언제나 이대로 함께 노는 흐름이 되지만, 오늘은 오리진이 그쯤에서 제지했다.

"아침 일찍 불러서 미안해. 오늘은 아크와 모두의 일을 견학하고 와줘."

"네!"

"잘 부탁드립니다."

가디엘은 예의 바르게 고개를 숙였지만, 리히트는 신랄한 얼굴을 한 채 대꾸하지 않았다. 정령으로서 저주받은 텐바르 왕족을 앞에 두고 복잡한 기분을 감추기 어려우리라는 것은 알았지만, 이런 리히트는 본 적 없었던 엘렌은 그에게 걱정스레 말을 걸었다.

"응? 엘렌, 왜 그러니?"

순간 리히트는 방긋 웃는 얼굴로 엘렌을 보았다. 가디엘을 환영하지 않는 것뿐이라고 이해한 엘렌은 한숨을 내쉬었다.

"인사를 받았으면 제대로 대꾸해줘야죠!"

척! 하고 검지를 세우며 엘렌은 말했다. 쌍둥이가 태어난 후로 엘렌은 언니 기질이 나오는지, 쌍둥이의 교육에 안 좋다며 리히트에게 주의를 주었다.

엘렌에게 혼이 난 리히트는 안절부절못하며 어깨를 축 늘어뜨리고 가디엘에게 사죄했다.

"우으…… 미안해. 오늘은 잘 부탁해."

"아닙니다. 오늘은 함께할 수 있어 영광입니다."

제대로 감사 인사를 하는 가디엘을 보며 리히트는 아주 조금 겸연쩍어했다.

"우으으으."

그때 아크가 신음 소리를 냈다. 모두가 아크에게 주목하자, 아크는 내키지 않는다는 얼굴을 한 채 가디엘을 노려보고 있었다.

그러나 아크의 어딘가 멍한 태도에 좀처럼 긴장감은 들지 않았다.

"엘렌이랑, 결혼! 치, 사해!"

아크는 언제나 가디엘의 얼굴을 보자마자 시비를 걸었다. 가디엘도 이젠 익숙한지, 싱긋 웃으며 대꾸할 수 있게 되었다.

"네, 저도 엘렌이 이 손을 잡아준 게 꿈만 같습니다."

가디엘은 슬쩍 엘렌의 손을 잡고서 활짝 웃었다.

"우으으으으으으으!"

반쯤 울고 있는 아크를 보며 오리진이 "어머나" 하고 웃었다.

"어디선가 본 광경인걸~."

"평소라면 내가 아크를 격퇴하는데……."

지금까지 아크를 격퇴하는 역할은 로벨이 맡았었다. 가디엘에게 그 역할을 빼앗긴 것만 같아 이를 갈면서도 어딘가 쓸쓸함을 느꼈다.

"언니들이 로벨과 도련님은 똑 닮았다고 했는데, 정말로 똑 닮았네."

"뭐어?!"

흘려들을 수 없는 말이라며 로벨이 달려들려 하자, 로벨이 안고 있던 사티아가 "부우으으!" 하고 소리쳤다. 귓가에서 큰 소리가 나서 시끄러웠나 보다.

"아아아. 미안, 미안."

사티아가 로벨의 턱을 손바닥으로 찰싹찰싹 때렸다. 작은 손은 의외로 힘이 셌고, "으윽" 하고 억눌린 목소리를 낸 로벨을 보며 오리진이 키득키득 웃었다.

문득 깨닫고 보니 아크는 리히트 뒤에 숨어서 눈물을 글썽이며 가디엘을 노려보고 있었다. 사이에 낀 리히트는 무척이나 성가시다는 얼굴이었다.

"반 군, 오늘은 가디엘과 함께 등에 태워줄 수 있을까?"

"으…… 알았습니다."

반은 가디엘을 힐끗 보고 싫은 얼굴을 했지만, 엘렌이 부탁이라

거절하지 못하고 마지못해 짐승화했다.

'우음~ 당연한 일이지만, 역시 아직 뿌리가 깊구나……'

저주는 선조의 소행으로 가디엘 자신에게는 죄가 없다. 그러나 이것만큼은 어쩔 수 없다. 어쨌든 2백 년이라는 오랜 시간에 걸쳐 정령은 인간에게 분노를 품어왔으니까.

아크 같은 경우엔 인간에게 사로잡혀 힘을 계속 빼앗겨온 것이 3백 년. 그 바로 아래 동생이기도 한 리히트에게 있어, 가디엘이라는 인간을 용서한다고 하는 온화한 선택은 있을 수 없었던 것이다.

텐바르의 왕족에게 원한을 품고 있었던 것은 희생되어 저주로 변한 정령만이 아니다.

정령에게도 한 집안이라 할 수 있는 가족이 있다. 그 연결은 오리진에게서 가지를 뻗어 수없이 연결되어 있었다. 정령은 모두 형제이니, 그 원한의 크기도 보통이 아니었다.

로벨 때도 텐바르의 귀족이라고 하는 이유만으로 반발이 대단했다고, 오리진에게 옛날이야기처럼 들었었다. 그것이 당사자의 후손이라면 더욱 그럴 터였다.

'영원을 사는 정령에게는 어제 일이나 마찬가지…… 나도 그렇게 말했었지. 하지만……'

"반 님, 고맙습니다. 저는 아직 힘이 부족한지라, 큰 도움이 됩니다."

가디엘은 정령에게 예의를 다했다. 가디엘이 예전 텐바르 왕족과 마찬가지로 정령을 도구로 볼 뿐이었다면, 그래도 쉬웠을 것이다.

가디엘은 진심으로 정령을 사모하며 존경하고 있다. 저주라는 족

쇄가 정화되어 벗겨졌기에 가디엘의 진지한 마음이 정면으로 향해 오게 되었고, 정령들은 당황해 어찌 상대하면 좋을지 알 수 없게 되었던 것이다.

『으, 으음…….』

반은 홱 고개를 돌려 외면했지만, 꼬리가 살짝 바닥을 치며 기뻐하고 있었다. 그것을 눈치 빠르게 알아차린 엘렌은 만면에 미소를 띠고서 가디엘을 보았고, 가디엘도 놀라고 있었다. 무심코 서로 마주 보며 웃었다.

'하지만, 조금씩이라도 좋으니까 다가가 준다면 기쁠 거야.'

그런 사이좋은 엘렌과 가디엘의 모습을 보며 리히트가 다른 의미에서 울컥한 것을 엘렌은 눈치채지 못했다.

"오늘은 어디로 가나요?"

엘렌이 설렌 기색으로 리히트에게 묻자, 퍼뜩 놀란 얼굴을 한 리히트는 바로 "그러니까……" 하고 자신의 뒤에 숨은 아크를 등 너머로 들여다보았다.

"형님, 오늘은 어디로?"

"우으~ ……물, 속?"

"네?"

놀란 엘렌은 묻지 않을 수 없었다.

"물속으로 가는 건가요?!"

예전에 오리진에게 들은 적이 있었다. 바닷속에 사는 정령들을 만나러 갈 때는 바다를 쫙 가른다고 한다.

꼭 두 눈으로 보고 싶어서 바다의 정령을 지금부터 만나러 가겠다고 미리 연락하고 막상 가려고 했더니, 바다의 정령들이 여왕님을 직접 오시게 하다니 송구스럽다며 "무슨 일이신가요?" 하고 정령성으로 와버려서 결국 흐지부지되고 말았던 적이 있었다.

드디어 그 오랜 꿈이 이루어지는 것인가 하고 두근두근 설레고 있으려니, 신난 엘렌의 모습에 아크와 리히트는 고개를 갸우뚱거렸다.

'어라? 어쩐지 온도 차가 심한 것 같은데……?'

엘렌도 이끌린 듯 똑같이 고개를 갸우뚱거리자, 그런 엘렌을 보며 리히트카 큭큭 웃었다.

"엘렌, 아마도 형님은 물속으로 간다는 게 아니라, 마소의 뒤틀림이 물속에 있다고 말하고 싶었던 건지도 몰라."

"앗……."

아크는 가까이 가면 어느 정도의 마소는 자유롭게 조종할 수 있다. 리히트가 보좌로서 따라가는 것은 도중에 아크가 장소에 상관없이 자버리고 일을 내팽개치는지라, 그 감시역이었다.

엘렌이 실망해 풀 죽자, 리히트가 "물속에 가고 싶었니?" 하고 물었다.

"옛날에 어머니께 들은 적이 있거든요. 물속의 정령을 만나러 갈 때는 바다를 가른다고……."

"바다를 가른다고?!"

리히트도 아크도 처음 듣는 이야기인지 깜짝 놀랐다. 가디엘에 이르러서는 "역시 정령의 여왕님이시네요……" 하고 묘하게 감탄하고 있었다.

오리진에게 걸리면 무슨 일이 일어나도 이상하지 않다고 여기고 있는 것이리라.

지켜보던 오리진이 그 이야기를 듣고서 그립다는 듯이 말했다.

"어머~ 그런 얘기도 했었지."

"그리운걸. 그러고 보니 미리 방문을 알렸더니 저쪽이 정령계로 와버렸던가?"

"결국 못 갔었어. 다음에 다 함께 가볼까?"

"정말인가요?!"

흥미진진해하며 눈을 반짝반짝 빛내는 엘렌의 모습에 흐뭇해하며 모두 엘렌의 머리를 쓰다듬으려 했는지, 엘렌의 머리 위에서 세 명분의 손이 정체를 일으켰다.

엘렌의 머리 위에서 불꽃이 튀었다. 그것을 멀리서 지켜보던 오리진은 "어머나" 하고 웃었고, 로벨은 으드득 이를 갈기 시작했다.

"에이잇! 너희! 엘렌한테서 떨어…… 커흑!"

"다아아!"

사티아의 손바닥에 턱을 제대로 맞은 로벨이 몸을 젖혔다.

"어머나, 사티아. 아빠가 시끄럽지? 미안해. 엄마한테 오렴."

로벨의 품 안에 있던 사티아가 둥실 떠올라 오리진 쪽으로 날아갔다.

"역시 우리 오리야! 너희~!"

곧바로 엘렌을 빼앗은 로벨은 엘렌의 머리를 쓰다듬으면서 재주 좋게 세 사람을 향해서 발차기를 반복했다.

뚱한 눈이 된 엘렌은 휙 전이해서 반 쪽으로 도망쳤다.

"반 군."

폴짝하고 반의 털에 다이빙해서 복슬복슬을 만끽하는 엘렌을 로벨을 포함한 네 사람이 멍하니 바라보았다.

반은 자신이 선택되었다며 이렇게나? 싶을 만큼 꼬리를 붕붕 흔들어 바닥을 쳤고, 네 사람을 향해서 의기양양한 얼굴을 해 보였다.

"자자, 다들. 그쯤 해줘. 엘렌, 바다엔 다음에 가자꾸나."

"네에!"

반의 털에 파묻혀 있던 엘렌은 폴짝 뛰어내려 척 경례를 했다.

"형님, 목적지까지 우리를 날려 보낼 수 있겠어요?"

"응."

아크는 고개를 끄덕였고, 엘렌은 반의 등에 올라탔다.

"가디엘, 얼른 얼른."

엘렌은 가디엘에게 손짓해 자신의 뒤에 타라고 재촉했다.

"으응…… 반 님, 실례하겠습니다."

머뭇거리며 올라타는 가디엘을 지켜보는 엘렌의 모습에, 로벨의 초조함은 정점에 달했다.

"역시 나도 갈래!"

거기서 비키라고 가디엘에게 명령하는 로벨을 향해 엘렌은 차가운 시선을 보냈다.

"쌍둥이를 어머니 혼자 돌보게 하는 아버지 따위……."

"엘렌, 잠깐! 유모와 메이드라면 잔뜩 있잖아!"

"어머니를 돕지 않는 아버지 따위……."

"돕고 있어! 오늘은 엘렌을 돕는 거야!"

"정말 싫어요."

"크억."

엘렌을 돕겠다며 의욕 넘치던 기세는 어디로 갔는지. 로벨은 무릎과 양손을 바닥에 짚고 우울하게 풀이 죽었지만, 금세 고개를 들고서 포기하지 않고 따라오려 했다.

"에잇, 아크! 나도 함께 날려…… 어?"

한 걸음 내디디려다 덜컥하고 자세가 무너졌다. 다리에 무언가가 달라붙은 것 같다며 로벨은 자신의 다리를 내려다보았다. 거기에는 양쪽 다리에 한 명씩, 쌍둥이가 찰싹 달라붙어 있었다.

"다아."

"부우부우."

"앗?!"

오리진이 쌍둥이를 전이시킨 것인가 생각하고 위험하다며 주의를 주려던 로벨은 오리진이 경악한 얼굴을 하고 있는 것에서 위화감을 느꼈다.

"세상에, 로벨을 못 가게 하고 싶어서 전이를 배운 거야—?!"

이 아이들은 천재인 걸까?! 하고 밝은 목소리로 기뻐하고 있었다. 엘렌 일행도 놀라서 "대단해!"라며 칭찬했다.

"다아다아."

"부우부우."

쌍둥이는 미간을 찌푸리고 로벨을 노려보며 무언가 불만을 말하고 있었다. 귀엽지만 위험하다며 로벨은 쌍둥이를 오리진 곁으로 돌려보내고, 그리고 다시 엘렌이 있는 곳으로 가려다 걸음을 멈추었다.

"여보, 포기해."

"우으으으으......!"

쌍둥이는 전이해 로벨의 두 다리에 달라붙은 채 떨어지려 하지 않았다. 억지로 떼어놓으려 하자 이번엔 사티아가 울음을 터뜨렸다.

"아—!"

"어머나, 사티아. 아빠가 나빴네~."

"잠깐! 내가 잘못한 것처럼 말하지 말아줄래?!"

"부우부우."

베르크는 미간을 찌푸리고, 로벨을 째려보고 있었다. 자신과 같은 얼굴을 한 남자아이에게 그런 시선을 받고 있자니 어찌하면 좋을지 몰라 로벨은 당황했다.

『자자, 이러는 동안 다녀오렴.』

오리진이 다른 이들에게 염화를 보냈다. 오리진은 살랑살랑 손을 흔들며 재촉했고, 엘렌 일행은 서로의 얼굴을 마주 보며 고개를 끄덕였다.

"다녀오겠습니다!"

"그래, 잘 다녀와. 조심하고~."

"누냐, 바이."

"바이."

울고 있던 사티아는 언제 그랬냐는 듯이 웃으면서 베르크와 함께 손을 흔들고 있었다. 아무래도 같이 가고 싶다고 떼를 쓴 게 아니라, 로벨의 방해를 해준 것 같았다.

"정말 착한 아이들이야……!"

"아아아! 엘렌~!"

로벨이 허둥지둥 돌아보았을 땐, 이미 아무도 없었다.

"크으으으으……."

풀 죽은 로벨에게 오리진이 다가가 베르크를 받아 들었다.

"이 아이들은 엘렌을 아주 좋아한다니까."

"우~"

"웃우!"

무슨 말을 하는지 이해한 것처럼 맞장구를 치는 두 사람. 로벨은 사티아를 고쳐 안으며 부루퉁하게 토라졌다.

"나도 아주 좋아하거든!"

"싫어라. 이 아이들이랑 경쟁하는 거야? 로벨도 어린애구나."

"우으으!"

오리진이 한 말에 로벨이 고개를 늘어뜨리고 있으려니, 옳지 옳지 하고 머리를 쓰다듬는 손이 있었다.

"응?"

"어머나…… 귀여워!"

오리진이 안고 있던 베르크가 로벨의 머리를 쓰다듬고 있었나 보다. 그것을 보고 사티아도 흉내 내듯 로벨의 머리를 향해 힘껏 손을 뻗었다.

"사티아, 이리 오렴. 아빠 머리를 쓰다듬기 편할 거야~."

오리진이 쌍둥이를 띄우고, 로벨의 머리를 쓰다듬기 쉽도록 요령 좋게 위치를 조절했다.

"우~! 꺅꺅."

"으~."

"…………."

로벨은 잠자코 머리를 내밀고 쌍둥이가 만족할 때까지 머리를 쓰다듬게 해주었다.

"크읏…… 귀여워……."

"우후후. 귀엽네~."

감동해서 치유받았다는 듯이 로벨이 고개를 들자, 베르크와 눈이 마주쳤다.

"훗."

"?!"

코웃음을 치는 듯한 동작에 로벨은 충격을 받았다. 쉽네……라는 말을 들은 것만 같았다.

"이 아이들은 정말로 로벨을 똑 닮았다니까~."

"어디가?!"

반쯤 울면서 로벨이 항의했지만, 오리진은 그보다도 고작 10개월

만에 전이를 배워버린 것에 크게 기뻐하고 있었다.

"로벨을 잡아두고 싶어서 전이를 배우다니! 우리 애들은 정말로 천재야!"

"우으으…… 어째서?! 아이들이 나를 때려 부숴가잖아!!"

엘렌 때도 그렇고, 쌍둥이도 그렇고. 로벨이 계기가 되어 아이들이 전이를 깨우쳐버린 것에 로벨은 매우 복잡한 기분이 되었다.

＊

아크가 전이해 간 곳은 황폐한 산의 정상이었다.

이른 아침이어서인지 바로 옆에서 비쳐 드는 햇빛이 눈부시게 느껴졌지만, 그보다도 일단 날이 추웠다.

"우으~! 추워……!"

예상하지 못한 추위에 엘렌이 부르르 몸을 떨자, 리히트가 허둥지둥 주변 온도를 높였다.

"이 정도면 어때?"

"리히트 오라버니, 고맙습니다!"

빛의 대정령인 리히트는 지상의 열기까지 자유자재로 다룰 수 있는 듯했다. 지금은 각자의 주변만을 일시적으로 따뜻해지도록 손을 썼다고 설명했다.

"이 일대를 따뜻하게 하는 것도 간단하지만, 인간계는 금방 영향을 받아서 말이지."

"리히트 오라버니, 대단해요!"

칭찬을 받아서 기뻐진 리히트는 "또 곤란한 게 있으면 바로 말해 줘"라고 엘렌에게 말했다.

빼놓지 않고 가디엘 주변의 온도도 조절해주었는지, 가디엘도 감사 인사를 했다. 리히트는 조금 쑥스러운 듯 아무 말도 하지 않고 어깨를 으쓱여 보였다.

"하지만 이건…… 이번에도 알기 쉬운 영향이 나오고 있네요."

엘렌이 지표의 상황을 살피면서 씁쓸하게 말하자 리히트가 고개를 끄덕였다.

"마소가 원인이야. 여기 어딘가에 원인이 있을 거라고 보는데, 형님은 물속이라고 하니까."

모두 허공에 뜬 채로 발밑의 산을 보았다. 대충 본 바로는 잎을 전부 떨어뜨린 마른나무와 지표를 가득 메운 낙엽의 산이었다. 주변을 대강 둘러보았지만, 불의 기척은 어디에도 없었다.

조금 시선을 돌리면 메마른 검은 빛을 띤 갈색 산에서 멀어질수록 점점 생기 넘치는 녹색으로 변해갔다.

늘어선 다른 산은 푸릇푸릇했다. 즉, 초록빛 산 가운데 원형으로 펼쳐진 흑갈색 산이 딱 하나 있으니 보자마자 이상하다고 알아차릴 수 있었다.

"갈색은 흙인가 했는데, 마른 나뭇잎 색인 건가……?"

그렇다고 해서 산불이 났었던 것 같지도 않았다. 잎이 전부 떨어진 나무들은 겨울의 나무처럼 가지는 건재했다.

산불이 나면 잔 가지는 대부분 불타 떨어지고, 검게 불탄 줄기가 하나 남는 경우가 많다. 재가 떨어진 것도 아니고, 그을음 냄새가 나는 것도 아니었다.

"이건⋯⋯."

가디엘도 발밑을 보고 충격을 받았다.

"응~?"

아크가 고개를 갸우뚱하며 두리번두리번 주변을 살펴보면서 원인이 되는 장소를 찾았지만, 고개를 갸웃거리고 있는 것을 보면 이 근처에는 없는지도 모른다.

"일단, 위에서 물가를 찾아볼까요?"

"그렇게 할까? 그럼 나는 색이 딱 변화하고 있는 바깥 부분을 돌면서 보고 올게. 엘렌은 여기 발밑 쪽을. 형님은⋯⋯ 내키는 대로 조사할 테니까 내버려 둘까."

아크의 취급이 약간 대충대충이었지만, 언제나 그런 느낌으로 조사하고 있는 것이리라. 견학이라고는 했으나 애초에 엘렌이 가만히 있을 리 없다고 여겼는지, 조금은 돕게 두려는 모양이었다.

"알았습니다!"

"응."

아크, 리히트, 그리고 엘렌과 반과 가디엘, 셋으로 나뉘어 주변을 수색했다. 반의 등에 올라탄 채로 엘렌이 오른쪽을 주의 깊게 살피고, 가디엘은 왼쪽을 살폈다.

"의외로 범위가 넓네⋯⋯."

"다른 산과 색이 다르다면 그 중심이 가장 수상할 거라고 생각하는데, 물가는 보이질 않는걸."

지면에 조금 가까이 다가가 자세히 살펴보자, 마른나무들의 가지는 곧장 위를 향해 뻗어 있었다. 줄기도 마른 건가 했는데, 겨울에 보는 나무와 전혀 다르지 않은 듯했다.

"꼭 여기만 갑자기 겨울이 와버린 것 같네……."

"뭐?"

가디엘의 말에 엘렌은 무심코 뒤를 돌아보았다. 엘렌이 빤히 바라보자 가디엘은 왜 그래? 하고 고개를 갸웃거렸다.

"갑자기 겨울이 왔다니, 어째서 그렇게 생각해?"

"아, 이전에 북쪽으로 시찰을 간 적이 있거든. 겨울이 본격적으로 찾아와서 눈이 내리기 전에 다녀오겠다며 서둘러 갔는데, 우연히도 갑자기 날이 추워졌어."

"응."

"올 때는 무성하게 뒤덮여 있던 나무들의 잎이, 체재하던 고작 사흘 정도 사이에 전부 말라서 떨어지더라고."

"뭐어? 그런 일이 가능해?!"

"내가 가기 얼마 전에도, 몇 번인가 급격하게 추운 날이 있었대. 그런 날이 오면 단숨에 말라버린다나 봐. 여기, 지면 쪽을 보면……."

가디엘이 발밑의 잎을 주워 보니, 그 잎은 평범하게 말라 갈색이 되었다기보다 병에 걸린 것처럼 검게 물든 잎이었다.

"냉해를 당하면 그냥 마르기만 하는 게 아니라, 이런 식으로 잎이 검게 물들어 버리는 일도 있다고 배웠어."

"검게 물든 잎……."

가디엘의 손에 들린 잎은 옅은 갈색 부분도 있지만, 대부분이 새까맣게 물들어 있었다.

엘렌에게는 '검정'으로 연상되는 기억이 있었다. 아미엘이 둘렀던 저주가, 새까맣게 물들어 있었기 때문이다.

슬픔에 사로잡혀 도움을 청하며 울부짖던 정령들의 목소리를 떠올리자, 당장에라도 눈물이 넘쳐흐를 것만 같았다.

이 검게 물들어 버린 잎은 슬픔의 색 같다고 무의식중에 연상하고 말았다.

"엘렌?"

"앗, 미안. 아무것도 아냐."

걱정스레 말을 걸어온 가디엘에게 미안해졌다. 기억에 사로잡혀 사고가 어디론가 날아가 버리기 전에 물가를 찾자고 생각했다.

"이만큼 찾았는데도 물가는 보이질 않네. 냇물조차 보이질 않다니……."

"그거 말인데……."

"왜 그래?"

가디엘은 말끝을 흐렸지만, 확인해보고 싶은 것이 있다며 반에게 부탁을 했다.

"반 님, 죄송하지만 아래로 더 가까이 가주시겠습니까?"

『그래.』

스윽 하고 반이 부드러운 움직임으로 지면 근처까지 내려가자 가디엘은 둥실 부유해 반의 등에서 내렸다.

가디엘은 부유할 수 있게 되었다고는 해도 아직 높은 곳까지 날 수 있는 것은 아니다. 이렇게 엘렌이나 반의 도움이 필요했다.

"아, 나도!"

『공주님, 안 됩니다!』

"응? 어째서?"

『그 검은 건 뒤틀린 마소의 영향을 받았을지도 모릅니다. 공주님에게 뭔가 악영향이 있어선 안 됩니다.』

저주받은 마소는 엘렌을 향해서 그 손을 뻗었고, 무인도 조사를 갔을 때도 폭주하던 마소가 힘에 반응했다.

이 상황에서는 저주에 저항력이 있는 가디엘 쪽이 그래도 안전할 거라고 반이 설득했다.

"발이 미끄러지기라도 하면 안 되니까, 뜬 채로 조사할 거니까 괜찮아. 게다가 왕가의 저주도 나한테는 반응하지 않았잖아?"

"……알았어. 바로 옆에 있을 테니까, 가디엘도 조심해."

엘렌이 그리 말하자 가디엘은 싱긋 웃으며 "그래" 하고 답했다.

"미안해, 반 군. 그리고 고마워!"

『아닙니다…… 저 애송이도 아무 일 없었으면 좋겠습니다만…….』

지표에 닿을 듯 말 듯 하게 내려간 가디엘은 아래의 잎을 손에 들고 여러 가지로 살피고 있는 듯했다. 때때로 쌓인 잎을 헤치고 무언가를 찾고 있는 것 같았다.

엘렌과 가디엘의 약혼 발표 직후에는 정령들의 비난이 엄청나게 쏟아졌다. 끈기를 가지고 둘이 선물을 들고 여러 곳으로 향했고, 설명하고 이해받으려 노력하는 중이다.

반은 엘렌의 호위이기 때문에 늘 옆에 있었고, 그 모습을 쭉 지켜보았기 때문인지 요즘 들어서는 때때로 가디엘에게도 이렇게 마음을 써주게 되었다.

그것을 보고 기뻐진 엘렌의 표정이 풀어졌다.

"에헤헤…… 반 군이 가디엘을 걱정해주는 게 기쁜걸."

『무, 무슨 말씀이십니까?!』

"반 군, 고마워."

『……과분한 말씀입니다.』

쑥스러운지 홱 고개를 돌린 반의 목덜미를 엘렌은 쓰다듬었다. 보들보들한 털 결은 반이 열심히 관리한 결과로, 이 촉감은 줄곧 변하지 않았다.

'가디엘과 약혼하고 카이 군과 거리가 좀 생긴 기분이라…… 반 군과도 그렇게 되는 걸까 싶어서 슬펐는데…….'

반은 변함없이 엘렌의 옆에 있어주었다. 소꿉친구이자, 가장 가까운 친구이자, 형제 같은 존재인 반은 엘렌이 친애를 품고 있는 이다.

그러고 보니, 오래전에 반과의 약혼 이야기가 나온 적이 있었다는 말을 듣고 귀를 의심했던 기억이 났다. 계속 거절당한 반이 한탄했던 것에, 엘렌은 조금 놀랐었다.

'아버지가 모조리 거절했던가…….'

그런 그리운 일을 떠올리면서 엘렌은 시선을 가디엘에게 고정한 채로 재주 좋게 반의 털을 계속 쓰다듬었다.

엘렌은 사랑을 자각하고 변하지 않으면 몸의 성장도 기대할 수 없다고 쌍둥이 여신에게 들었다. 지적받고 자각했고, 겨우 눈을 뜬 사랑.

자각과 함께 변하려고 노력했고, 가디엘과 조금씩 가까워지는 사이에 어느새 주변의 이들이 거리를 두기 시작해 엘렌은 당황했다.

'연인이 생기거나 결혼하면 친구와 소원해지고, 잘 놀지 못하게 됐던 것 같아…….'

조금 쓸쓸하지만, 친구가 행복하다면 그것만큼 좋은 일은 없다. 늘 축하하는 마음으로 보내주던 쪽이었는데, 막상 자신이 그쪽이 되어보고서야 깨달았다.

'어쩌면, 서로 거리를 두었던 건지도 모르겠어…….'

가디엘 쪽은 메말라 떨어진 긴 가지를 들어 지면에 떨어진 대량의 잎을 부스럭부스럭 소리를 내며 파헤치고 있었다.

마음이 여기 없는 듯 멍해져서 반의 목덜미를 계속 쓰다듬는 엘렌의 모습이 뭔가 이상하다 여기며 반은 두 사람의 모습을 조마조마하게 지켜보았다.

"있다!"

가디엘의 기뻐하는 목소리가 들렸고, 엘렌은 퍼뜩 정신을 차렸다.

"무슨 일이야?"

"엘렌, 리히트 님들에게 연락해주겠어?"

"알았어!"

염화로 가디엘이 무언가를 발견했다고 전달한 순간, 전이로 나타난 둘에게 가디엘이 인사를 했다.

"뭔가를 찾았다고?"

"네. 대량의 마른 잎 속에 숨어 있었습니다."

부유한 상태로, 가디엘은 들고 있던 가지를 써서 조심스러운 동작으로 잎을 헤집었다. 조금 전과 다르게 뭔가 무거워 보이는 분위기에 엘렌이 고개를 갸웃거리던 때, 새까맣게 물든 샘이 나타났다.

"낙엽에 파묻혀 있던 건가!"

"여기만 나무도 뭣도 없이 텅 비어 있는데 낙엽만 있는 걸 보고, 혹시나 싶었습니다."

"가디엘, 대단해!"

"후후, 고마워."

뜬 채인 가디엘은 훌쩍 엘렌 가까이로 날아와 시선을 맞추었다. 엘렌은 손을 쭉 내밀었고, 두 사람은 가볍게 마주 손뼉을 쳤다.

꺅꺅거리는 두 사람을 조금 불만스레 바라보던 리히트는 바로 아크에게 확인을 받았다.

"형님, 여기인가요?"

"으~음?"

여기가 아닌 걸까? 하고 지켜보고 있으려니, 샘을 빠~안히 바라보던 아크가 "응. 여기, 맞아" 하고 고개를 끄덕였다.

그 대답에 엘렌과 가디엘은 같은 타이밍에 휴우~ 하고 안도의 한숨을 내쉬었다.

"두근두근했어. 가디엘, 잘했어!"

"응. 운이 좋았어."

남은 것은 아크의 일이라며 리히트와 모두는 더 높은 곳으로 물러났다. 가디엘은 아직 높은 곳은 날지 못하기 때문에 반의 등에 다시 올라탔다.

"하지만, 평소와 다르게 아크 오라버니의 반응이 모호하지 않은가요?"

고개를 모로 꼬며 고민하는 듯한 동작을 했던 것이 신경 쓰였다.

"아, 뒤틀림이 작기 때문일 거야."

"뒤틀림이…… 작다고요?"

"나랑 형님이 현지로 갈 때는 말이지, 조금 위화감이 있는 정도라면 가지 않거든. 가는 건 뒤틀림이 너무 커서 정령계에서 제어할 수 없거나, 현장이 너무 멀어서 힘이 닿지 않거나 할 때야."

아크는 오랜 세월 학원에 갇혀서 힘을 계속 빼앗겨왔다. 겨우 몸 상태를 회복하고, 2년 정도 전부터 조금씩 인간계의 정체된 마소를 해방해나가고 있다.

처음에는 금세 지쳐서 그 자리에서 잠들어 버렸고, 거기서 며칠 정도 행방불명이 되어 큰 소동이 벌어진 후부터는 이렇게 리히트가 보좌로 따라다니고 있었다.

정령에게 있어선 고작 3백 년. 그러나 그 기간 동안 마소가 순환

할 수 없게 되었던 것만으로 온 세상의 마소가 곳곳에서 고여버렸고, 아크가 제어할 수 없게 되고 백 년 정도 만에 몬스터 템페스트가 발생했다.

아크와 리히트는 큰 정체부터 해방해왔는데, 최근 들어서는 그 수도 점점 줄어들고 크기도 이 정도로 작은 것이 많다고 설명했다.

"지난번에 함께 조사하러 갔을 때는 어느 쪽이었나요?"

"그건 정령계에서 제어할 수 없어서 현지로 갔더니, 전혀 제어할 수 없었다는 느낌이지."

"그랬나요?"

"이번엔 어머니께 작은 마소라도 좋으니까 견학하게 해달라는 말을 들었거든. 형님한테 물어봤더니 아마도 이쯤에 있을 거라고 하기에 온 거야."

"그건…… 감사드려요."

일부러 이곳으로 데려와 주었다는 사실을 안 가디엘이 감격했다. 그런 가디엘을 보며 리히트는 머리를 긁적였다.

"으음~ ……상대하기 어렵네."

"네?"

"아니. 혼잣말이야."

아무것도 아니라며 리히트가 쓴웃음을 짓는 사이, 샘의 중앙으로 보이는 곳까지 부유해 간 아크의 발밑에서 마법진이 빛나더니 샘에서 빛이 넘쳐 나와 반짝이기 시작했다. 그 광경에 모두기 입을 다물고, 상황을 지켜보았다.

뒤덮어 가리고 있던 마른 나뭇잎 틈새에서 빛이 넘쳐 나오는 광경은 구름 사이에서 빛줄기가 비쳐드는 풍경과 비슷했다.

"예쁘다……."

샘의 크기에 필적하는 거대한 마법진이 샘 안에 축적해 있던 마소를 녹여갔다.

"앗!"

샘에서 포옹 하고 작은 검은 알갱이가 차례차례 솟구쳐 나와 하늘로 올라갔다. 그 광경은 학원에서 본 붉은 알갱이와 비슷해서, 엘렌은 무심코 소리를 냈다.

슬픈 기억이 사라질 리는 없지만, 그로부터 세월이 조금 지나 차분하게 지켜볼 수 있게 되었다.

하늘로 올라가는 마소를 바라보며 엘렌은 무언가 위화감을 느꼈다.

"이거, 여전히 검은 채인데. 그대로 하늘로 올라가는 건가요?"

"그래, 맞아."

"저기…… 깨끗하게 만드는 건……?"

"깨끗? 아, 엘렌처럼 정화는 할 수 없어."

"네……?"

'하지만 이거, 탁해진 마소잖아……?'

엘렌의 의문이 얼굴에 드러났는지, 리히트는 웃으면서 설명했다.

"형님은 마소를 풀어주거나 움직이거나 하는 건 가능하지만, 정화는 다른 힘이야. 그건 엘렌의 힘이잖아?"

"아, 그럼 제가 도울게요."

"이 정도라면 괜찮아. 하늘로 올라간 후에 자연스럽게 퍼져서 깨끗해지면 다시 지표면으로 내려오거든."

"하늘에서 정화되는 건가요?"

"완전하게는 아니지만. 확실히 시간은 걸려도, 그래도 자연스럽게 어느 정도는 정화되게 되어 있어."

그러고 보니 죽어서 하늘로 올라가는 마소는 공중에서 한동안 부유한다고 들은 적이 있었다. 특히 정령 마법사가 된 사람의 영혼은 정령과 이어져 있기 때문인지 색이 짙어져 지표로 내려오기까지 시간이 걸린다고 한다.

'그러고 보니 류르 님의 영혼을 찾을 때, 어머니가 로레의 힘을 표식으로 삼았다고 했었지.'

정화 작용이 있다고는 해도, 엘렌의 정화의 힘은 정말로 위기가 닥쳤을 때를 위한 것이리라.

'하지만 모처럼 여기까지 왔으니까 뭔가 도울 수 있다면 좋겠는데……'

이번엔 아무런 도움도 되지 못했다며 어깨를 늘어뜨리고 있는 엘렌의 모습에 리히트는 웃으면서 엘렌의 머리를 쓰다듬었다.

"오라버니, 고생하셨어요."

"엘렌, 응, 응."

칭찬해달라는 듯이 양손을 펼치고서 어필하는 아크를 보며 엘렌은 쓴웃음을 짓고 전이해 아크에게 안겼다.

"후후, 기, 뻐."

아크는 엘렌을 안아 든 채 행복해하며 샘 위를 부유해 빙글빙글 돌았다.

엘렌의 발밑의 샘은 딱히 정화된 것은 아닌지라 처음 보았을 때와 마찬가지로 탁한 채였다.

"정화……."

조용히 가디엘이 중얼거린 말이 주변에 메아리쳤다.

"가디엘?"

"미안한데, 내 힘을 시험해보면 안 될까?"

"응?"

"내 힘은, 엘렌과 마찬가지로 정화를 관장한다고 들었어. 하지만 아무래도 연습할 곳이 없어서 곤란했거든."

정령의 힘은 세계를 위한 것이라고 들었고, 텐바르의 왕족에게도 직접 그리 설명했다. 그러나 막상 힘을 써야 할 때 제대로 다루지 못하는 것은 아닐까 하는 불안이 있었다. 그 속마음을 듣고 엘렌도 얼굴이 환해졌다.

"나도 연습하고 싶어!"

"도와줄래?"

"응!"

"아, 잠깐……!"

리히트의 제지를 떨쳐내고, 엘렌은 가디엘과 손을 잡고 샘 중앙으로 날아갔다. 마주 본 상태로 서로 양손을 잡고 이마를 맞대며 눈을 감자, 두 사람을 중심으로 거대한 마법진이 발밑에 나타났다.

조금 전 아크와 다른 점은 두 사람에게서 빛이 새어 나오고 있다는 것이었다. 그리고 발밑의 샘만이 아니라, 주변 나무들과 산에 이르는 곳에서 빛의 알갱이가 하늘로 날아올라 갔다.

　"정화를 관장한다고는 들었지만…… 이건……."

　리히트가 멍하니 중얼거렸다. 그러다 문득 두 사람의 힘의 차이를 깨닫고 눈을 가늘게 떴다.

　"엘렌은 확실히 지우고 있지만, 저주의 후예는 기도하고 있는 건가……?"

　두 사람의 정화 방식에 리히트 일행은 그저 압도되었다. 메말랐던 산 전체가 빛에 감싸였다. 그 빛이 잦아든 후에 남은 것은 깨끗하게 맑아진 샘과 평범하게 마른나무들뿐이었다.

　검게 변색되었던 나뭇잎과 샘은 조금 전까지의 모습이 환상이었던 것처럼 깔끔하게 사라져버렸다.

　『이 무슨…….』

　"…………."

　놀란 반의 목소리는 리히트가 마음속으로 생각했던 말과 겹쳐졌다.

　이곳에 식물의 정령이 있었다면, 정화 이상의 효과를 가져왔다는 사실을 눈치챘으리라.

　탁해진 마소의 영향으로 검게 가라앉았던 더러움은 전부 사라졌다. 게다가 남은 마른 잎은 분해되어 질 좋은 부엽토로 바뀌어 있었다.

　봄을 앞두고 있는 때와 같은, 청량한 공기가 주변에 가득했다.

이 상태라면 이곳은 내년쯤엔 원래의 푸르름 가득한 산으로 돌아올 것이다.

"마소로 오염된 곳이 원래대로 돌아오는 건, 빨라도 몇 년은 걸리는데⋯⋯."

리히트가 한숨을 섞어가며 말하고 있다는 것을 엘렌과 가디엘은 알아차리지 못했다.

눈을 뜬 엘렌과 가디엘은 조금 전과는 완전히 달라진 주변의 모습에 함께 신나 하며 기뻐했다.

"됐다!"

"엘렌, 해냈어!"

"와아! 가디엘 덕분이야!"

깍깍거리는 두 사람을 보고 있자니, 약혼이나 결혼 같은 이야기보다는 아직 어린아이구나 하는 감상과 함께 보호하고자 하는 욕구가 솟아 나오고 말았다.

그것은 리히트뿐 아니라 반도 마찬가지로, 호위라기보다는 그저 내버려 둘 수 없다는 감정이 강한 듯했다.

"큰일인걸⋯⋯ 저런 모습을 보게 되면⋯⋯."

으음~ 하고 고민하는 기색을 보이던 리히트는 엘렌과 가디엘이 웃는 얼굴로 다가오자 양팔을 벌리며 맞아주었다.

"엘렌, 역시 대단해!"

"고맙습니다!"

서로 포옹하는 두 사람을 보면서, 가디엘은 다시 고개를 숙여 감사 인사를 했다.

"저의 제멋대로인 고집을 들어주셔서 감사합니다. 좋은 경험이 되었습니다."

"……아, 응. 뭐, 그렇기는 한데."

"리히트 님?"

어딘가 모호한 리히트의 태도에 엘렌과 가디엘만이 아니라 아크까지 고개를 갸웃거렸다.

"이렇게나 광범위한 정화를 했는데, 두 사람 다 몸 상태는 괜찮은 거야?"

리히트의 말에 엘렌과 가디엘은 퍼뜩 놀라며 서로를 보았지만, 딱히 피로한 느낌은 없었기 때문에 괜찮다고 보고했다.

"으음~ 뭐, 덕분에 이 산도 금방 원래대로 돌아올 거야. 두 사람 다 고생했어."

"네!"

둘은 동시에 기운차게 대답했다. 리히트는 어쩐지 손이 가는 동생이 늘어난 것 같은 기분이 들었다.

"저기, 혹시 폐가 안 된다면……."

"응?"

"아크 님과 리히트 님은 세계의 마소를 순환시키기 위해 여러 가지로 애쓰고 계신다고 들었습니다."

"아, 응. 뭐. 나는 형을 감시할 뿐이지만."

"혹시 괜찮다면, 저도 거들게 해주실 수 없을까요?"

"가디엘?"

"이 세계에 관해 더 알고 싶습니다. 엘렌과 모두가 소중히 하는 이 세계를. 안 될……까요?"

"어~?"

곤란한 듯 리히트가 아크를 보자, 뭐가 뭔지 잘 모르겠는지 아크는 고개를 갸우뚱한 채였다.

자신의 사명과 가디엘의 힘의 관계성을 잘 이해하지 못한 것이리라.

"네, 네네! 가디엘이 돕는다면 저도 돕겠습니다!"

공중에 부유해 있는 엘렌이 폴짝폴짝 재주 좋게 뛰어오르며 한 손을 들었다. 그러자 다른 면면이 놀랐다.

"엘렌도?"

"응. 정화할 기회는 좀처럼 없는걸. 게다가, 여차할 때 익숙하지 않아서 당황하거나 하는 일이 없게 하고 싶어요!"

엘렌은 힘 조절을 잘 못해서 자주 쓰러지곤 했다. 조절을 익히기 위해 연습하는 것은 중요하다고 하는 주장은 이해가 되었고, 리히트는 무심코 신음하고 말았다.

"아~ ……그렇다는데. 형은 어쩔래?"

이건 로벨이 절대 잠자코 있지 않으리라. 도망치듯이 리히트가 힐끗 아크를 보자, 아크는 반짝반짝 눈을 빛내고 있었다.

"……형?"

"엘렌. 도울, 래?"

"네! 아크 오라버니랑 같이 하고 싶어요!"

"갈, 이!!"

화아아알짝! 하고 만면에 미소를 띤 아크에게 가디엘도 재빠르게 말을 보냈다.

"방해가 되지 않게 하겠습니다. 아크 님의 임무가 끝난 다음, 정화하는 연습을 할 기회를 받고 싶습니다."

가디엘의 말에 엘렌이 옆에서 응응하고 힘주어 고개를 끄덕였다.

"엘렌이랑! 갈, 이, 좋아!"

"아크 형님?!"

리히트는 즉답한 아크에게 저도 모르게 소리를 질렀지만, 엘렌과 가디엘이 크게 기뻐하는 모습을 보고 "안 돼"라고는 말할 수 없게 되었다.

"아~ ……로벨 형님은 알아서 설득해야 한다?"

"네!"

"맡겨주십시오!"

"괜찮, 아!"

아크에게 설득은 무리이리라 여기며 리히트는 쓴웃음을 지었다. 이대로라면 휘둘리게 될 게 분명하다고 생각하면서 리히트는 어깨를 움츠렸다.

『리히트 님, 함께하겠습니다.』

"반은 정말 좋은 녀석이야……."

쓴웃음을 지으면서도 리히트는 "벌써 점심시간이니 그만 돌아갈까?" 하고 제안했다.

"네!"

기운찬 목소리가 메아리치는 중에 일동은 순식간에 사라졌다.

*

정령성으로 돌아온 면면의 눈에 들어온 것은, 잔치로 한창 시끌벅적한 정령들이었다.

언뜻 보기엔 정신없는 야단법석이었지만, 자세히 보니 입식 파티를 열 셈이었던 모양이었다.

바닥에 주저앉아 양손에 병을 들고, 그대로 입을 대고 들이키는 아우스톨을 발견한 반이 『어머님!』하고 화냈다.

"어머, 어서 오렴!"

"다, 다녀왔습니다. 이건 대체 무슨 일인가요?"

"쌍둥이를 축하하는 거야!"

"네? 아!"

그러고 보니 떠나기 직전에 쌍둥이가 전이를 익혔다는 것을 떠올렸다. 엘렌이 배운 것은 두 살 때였고, 그것도 상당히 빠르다는 말을 들었었다. 그런데 이 쌍둥이는 아직 10개월.

"천재예요!"

"우후후, 괜찮다면 축하해주렴."

"네! 베르크, 사티아!"

엘렌은 쌍둥이 곁으로 달려갔다. 쌍둥이한테 시달리고 있던 로벨에게도 어서 오라며 포옹을 받는 것을 멀리서 바라보는 가디엘의 모습은 아주 조금 쓸쓸해 보였다.

"도련님도 수고했어."

"황송한 말씀입니다."

"후후후. 조금은 이쪽에도 익숙해졌으려나?"

"네? 아, 네……."

어딘가 조심스러운 가디엘을 향해 오리진은 다정하게 미소 지었다.

"무리도 아니겠지만, 도련님은 아직 남을 대하듯 하네."

"네……?"

"로벨을 보고 있으면 알 거라고 생각하지만, 우리는 텐바르 왕족과의 연을 끊으라는 말 같은 건 안 해. 그런 걸 바랐다간 오히려 엘렌이 크게 화낼 거야!"

"…………."

"원래 가족이 그리워지면 언제든 돌아가도 돼. 그리고 언제든 이쪽으로 돌아오렴. 그게 가족이라는 거니까."

오리진이 찡긋 윙크하며 가디엘에게 말했다.

"세상에…… 여왕님의 관대하신 마음, 감사의 마음을 말로 다 할 수 없습니다……."

가디엘은 참고 있던 슬픔이 넘쳐 나올 것만 같은 기분이 되어 가슴이 메었다.

반정령이 된 이상 인간이라는 것도, 본가인 텐바르도 버려야 한다는 각오로 정령계로 왔다.

선조의 소행이 있었으니, 받아들여 줄 거라는 무른 생각은 처음부터 하지 않았다. 그래도 조금은……하는 희망을 버리지 못했고, 예를 다하자고 마음먹고 있었던 만큼 오리진의 말은 가슴을 울렸다.

"제 마음을, 엘렌이 받아들여 준 것만으로도 기쁘다고 생각하고 있었는데…… 미련을 떨치지 못해 이런 기분이 되다니…… 무슨 욕심이 이렇게도 많은 것일까 싶어서 자기혐오를 하고 있었습니다."

"괜찮아. 인간은 그런 거니까. 그리고 로벨도 그랬단다."

"네?"

"겉으로는 드러내지 않았지만, 마음 한편으로 어머니와 사우벨을 걱정하고 있었어. 엘렌에게 간파당해서, 가끔은 본가에 가라는 말을 들었지."

키득키득 웃는 오리진을 보며 가디엘은 눈을 동그랗게 떴다.

"반대로, 나를 포함한 정령들은 가족이라는 것을 이해하지 못했어. 그게, 모두~ 내가 만든 아이들뿐이었는걸."

오리진도 엘렌에게 '가족'을 배웠다고 가디엘에게 말했다.

"그 아이는 가족을 아주 소중히 여겨. 그 테두리 안에 너도 포함된 거란다. 더 솔직하게 행동해도 괜찮아."

"…………네."

한순간이었지만 울컥하며 얼굴을 일그러뜨린 가디엘은 심호흡을 했다. 그리고 다시 눈앞에서 신나 하고 있는 엘렌을 보고, 이번에는 행복해하며 웃었다.

*

쌍둥이를 축하하는 자리가 끝나고, 엘렌 일행이 잠들어 고요해진 후. 응접실에서 와인을 마시고 있던 로벨 옆으로 리히트가 전이해 왔다.

"어땠지?"

"아~, 으음……."

뒷머리를 긁적이면서 말하기 곤란해하는 리히트의 모습에 로벨은 미간을 찌푸렸다.

"실패했습니다."

에헷 하고 윙크하며 얼버무리는 리히트를 보며 로벨의 미간에 잡힌 주름이 더욱 깊어졌다.

"세상의 혹독함을 가르쳐주지 않은 건가?"

"그거 말입니다만, 그 아이는 우리 정령보다도 더욱 정령답습니다……."

"뭐?"

"각오가 상상을 뛰어넘어서 오히려 질렸다고 할까……."

리히트가 으음~ 하고 신음하자 로벨은 어이없다는 듯이 말했다.

"그 녀석은 인간계의 왕족이다. 각오 따위 당연하잖아."

로벨은 무슨 말을 하는 것이냐는 듯이 이해가 안 된다는 얼굴을 했다.

"싫은 소리를 해도 통하지 않고."

"알아들어도 얼굴에 드러낼 리 없잖아."

"인사를 무시했다가 엘렌한테 혼나고."

"어린애냐."

"오히려 도움을 주고……."

"착한 애냐."

"깨닫고 보니 마음에 들었고~!"

"너, 너무 쓸모가 없잖아……."

로벨의 신랄한 딴죽들에 리히트는 울컥해 대꾸했다.

"로벨 형님은 모르겠죠! 그 애는 저한테 속해 있다고요!"

거기까지 듣고서야 로벨도 깜빡하고 있었던 듯 "앗" 하고 목소리를 높였다.

"이런, 정화는 네 권속인가."

"그렇습니다. 상성이 너무 좋아서 안 좋습니다. 정말 착한 아이니까 엘렌이랑 같이 주십시오!"

"죽고 싶나?"

"못 죽습니다!"

로벨의 지뢰를 밟고, 고오오오오……하고 무언가 검은 안개를 내뿜는 로벨을 향해서 리히트는 지뢰밭에 폭탄을 던졌다.

"그보다, 그 애는 아직 힘의 제어에 능숙하지 못해서 무의식적으로 정화를 해대고 있다고요!"

"뭣?!"

"저주받은 녀석에 대해선 정화해서는 안 된다는 자제가 작용하고 있는 모양입니다만, 방심하면 순식간에 주위를 정화해버리는 것 같습니다."

"잠깐…… 그건 중대한 문제잖아!"

"그렇습니다. 게다가 상대의 부의 감정도 무의식적으로 정해버려서, 독기가 빠져버린다고 할까…… 분명 싫어할 텐데 어째서일까요? 이 이상한 기분은!"

"잠깐 잠깐 잠깐! 그건 무슨 의미지?!"

"정령들이 싫어하지 않게 되는 것도 시간문제라는 겁니다!"

"……."

그러고 보니 가디엘은 자신에 걸려 있던 저주를 정화해냈다. 그것은 저주가 갖고 있던 부의 감정을 정화한 것이나 마찬가지다. 무의식적이라고는 해도, 그런 작용을 만들어낼 거라고는 아무도 예상하지 못했다.

상상 이상인 가디엘의 힘에 로벨이 아연실색하자, 리히트가 제안하듯이 말했다.

"나중에 엘렌과 다른 이들도 이야기할 테지만, 그 아이의 수행을 서두르는 편이 좋을 거라고 판단해 아크 형님과 순환을 위해 갈 때 엘렌과 그 아이를 데려갈 겁니다."

"뭐?"

"아크 형님도 찬성했으니 결정 사항이라고 생각해주시면……."

"그 녀석은 분명 엘렌이 따라오는 게 목적이겠지!"

"들켰다."

수행이라며 가디엘만 아크 일행과 동행시킬 리 없다. 줄곧 엘렌 옆에 있었으니, 엘렌도 함께 가겠다고 주장했을 것이 당연하다.

"알고 있었지만, 역시 아크는 쓸모가 없나."

역시! 하고 분개하는 로벨을 보며 리히트는 한숨을 내쉬었다.

"이제 로벨 형님이 직접 해주세요~."

"으…… 나는 무리야……."

"어째서죠?"

"오리한테 들켜서 감시당하고 있다."

"로벨 형님이야말로 쓸모없잖아!"

"이 자식이!"

옥신각신 말다툼하고 있지만, 애초에 들킨 원인은 빈트였기 때문에 로벨로서는 부아가 치밀었다.

아이들의 말싸움과 다를 바 없었지만, 본인들은 매우 진지한지라 더욱 구제할 길이 없었다.

"빈트는 그 외에도 방법이 있다고 했지만……."

"…………그거, 신용할 수 있습니까?"

"못 하지!"

즉답한 로벨의 모습에 리히트는 이제 한숨밖에 나오지 않았다.

"뭐, 그런 연유로, 저는 이 건에서 빠지겠습니다!"

"아, 어이!"

"로벨 형님도 엘렌에게 들키기 전에 그만두는 편이 좋을 겁니다!"

리히트는 그렇게 말하고 전이해 돌아갔다.

로벨 이외엔 아무도 없게 된 응접실은 쥐 죽은 듯 고요했다.

순간적으로 자리에서 일어나 리히트를 만류하려 했지만, 로벨은 다시 소파에 풀썩 앉아 등받이에 체중을 실었다.

"나도 무리라고 생각하고 있다고……."

와인을 직접 더 따라서 단숨에 들이켰다.

자신의 일은 자신이 잘 알고 있다. 그저 품 안에 있던 엘렌을 잃은 상실감을 부딪쳐 얼버무리려 하고 있을 뿐인 것이다.

"……여보."

전이해 온 오리진의 목소리가 들렸다. 둥실 내려선 오리진은 다정하게 미소 지으며 로벨의 옆에 앉았다.

아무 말 없이 그대로 기대어 오는 로벨의 머리를 안고, 오리진은 로벨의 머리를 다정하게 쓰다듬었다.

제74화 라필리아의 맹세

사업을 위해 엘렌과 가디엘은 반크라이프트의 저택으로 향했다. 마중을 나온 로렌에게 안내를 받아 간 곳은 응접실로, 그곳에는 이미 사우벨과 라필리아가 있었다.

"안녕하세요!"

"아, 그래. 엘렌, 잘 와줬다……."

평소의 웃는 얼굴이 아니라, 난처한 얼굴의 사우벨이라니 별일이었다. 무슨 일이 있었던 것인가 하고 엘렌이 고개를 갸웃거리며 자세히 살펴보니, 소파에 앉은 채 무언가에 정신이 팔린 라필리아가 있었다.

언제나 누구보다도 먼저 엘렌에게 달려와 주던 라필리아다. 그래서 사우벨이나 로렌에게 자주 혼나기도 했는데, 지금은 엘렌을 전혀 눈치채지 못한 채 생각에 잠겨 있었다.

라필리아는 미간에 주름을 잡고 골똘히 생각하는 표정을 짓고 있었다.

"라필리아, 무슨 일이야?"

"아, 엘렌……."

엘렌의 목소리에 그제야 알아차린 것이리라. 라필리아는 튕겨 오르듯 고개를 들었다.

오늘 라필리아는 훈련을 쉰다고 들었기 때문에, 엘렌의 사업 관련 이야기가 끝난 후엔 이자벨라 일행까지 다함께 다과회 자리를 가지기로 약속했었다.

그런 날이면 기다리지 못하고 미리 응접실에 와서 안절부절못하며 "아직이야? 아직이야?" 하고 물었었는데, 오늘은 어찌 된 것일까?

그리고 무엇보다 라필리아의 안색이 나빠 보여서 엘렌은 가디엘에게 염화로 상담했다.

『미안해. 오늘은 라필리아 옆에 있어도 괜찮을까? 왠지 신경 쓰여서…….』

『여긴 신경 쓰지 마. 무슨 일이 생기면 염화로 상담할지도 모르지만, 그땐 시간이 걸려도 상관없으니까 대답해줄래?』

『응. 고마워!』

엘렌과 가디엘은 저택에 오기 전부터 오늘 이야기할 것들을 미리 상의했었다. 엘렌이 없어도 대부분은 돌아갈 것이다.

가디엘은 조금 떨어진 곳에서 사우벨과 함께 이쪽을 향해 손을 흔들었다. 거기에 엘렌이 마주 손을 흔들었다. 사우벨도 라필리아의 상태가 이상하다는 것은 눈치채고, 어찌하면 좋을지 몰라 우왕좌왕하고 있었던 모양이었다.

"무슨 일 있었어? 이야기, 들어줄까?"

엘렌이 라필리아의 손을 잡고 그렇게 작은 목소리로 말하자 라필리아는 잠시 망설이며 힐끗 가디엘과 다른 이들 쪽을 보았다.

『자리를 비켜줄래?』

『알았어.』

가디엘이 사우벨과 로렌에게 무어라 말한 다음 방에서 나갔다. 엘렌은 염화로 『고마워』라고 전하고, 다시 라필리아를 바라보았다.

엘렌은 라필리아의 옆에 앉았다. 천천히 해도 괜찮다며 기다리고 있자, 라필리아가 무거운 입을 열었다.

"저, 저기…… 있지."

"응."

"그 녀석…… 죽었다고 들었어."

"……그 녀석?"

누구를 말하는 걸까 하고 엘렌이 고개를 갸우뚱하자, 라필리아는 작은 목소리로 "아미엘……"이라고 말했다.

엘렌과 가디엘의 약혼 발표 때, 아기엘과 아미엘의 일을 알리고 몰래 장례식을 치른 것이 얼마 전이었다.

저주에 삼켜져 시신은 흔적도 남지 않았다. 아기엘과 아미엘은 텅 빈 관인 채로 묻혔다. 관 안에 들어가 있는 것은, 생전에 애용했던 물건이라고 들었다.

"나…… 그 녀석이 날 다시 보게 만들겠다며 기사가 되었는데."

"아……."

떠오른 것은 변두리 마을에 있던 라필리아의 어머니, 아리아의 본가였던 식당이었다. 라필리아의 마음이 정리되질 않아서, 아리아를 만나러 갔던 곳에서 본 것은 난장판이 된 실내였다.

아리아 일행에게 무슨 일이 생겼는지도 모른다. 서둘러 돌아가자고 설득하던 그때, 유학을 떠나기 전에 마지막으로 상황을 보러 왔던 아미엘과 마주쳤던 것이다.

"출세한 모습을 보여주기도 전에 죽다니…… 게다가 아미엘의 끔찍한 짓을 막으러 갔던 게 엘렌과 가디엘이었다고 듣고…… 나, 나는 왜 이렇게 무력한 걸까 하고……."

"라필리아……."

"엘렌을 구하고, 그 일로 가디엘이 죽을 뻔했다고 듣고…… 나, 나…… 아무 도움이 안 되잖아……."

라필리아는 주먹을 움켜쥐었고, 분한 듯 목소리가 높아져 갔다. 이윽고 주먹 위로 뚝뚝 굵은 눈물방울이 떨어졌다.

자신의 무력함에 충격을 받고, 더욱이 목표로 삼고 있던 아미엘이 죽어버리면서 기사가 된 목적을 잃어버린 것이리라.

엘렌은 라필리아가 노력했다는 것을 알고 있었다. 아니, 이 저택에 있는 모두가 그녀의 노력을 알았다. 그래서 사우벨도 로렌도 걱정스러운 표정을 하고 있었던 것이다.

"라필리아…… 말하지 못해서 미안해."

엘렌이 사과했지만, 라필리아는 휙휙 고개를 가로저었다.

"말단인 나한테 말할 수 있을 리 없잖아! 아빠한테 에둘러서 들었는데, 비밀리에 아미엘을 데리러 갔던 거라며? 공공연하게 했다간 전쟁이 날 테니까……."

"응……."

"저주받았으니까, 정령이라면 위치를 알 수 있다고 해서…… 억지로 엘렌을 끌고 가다니 너무하잖아!"

'뭐?!'

무심코 나?! 하고 놀라지 않을 수 없었다.

"아, 아냐! 나도 오면 안 된다는 말을 들었어!"

"뭐?"

"하지만 아버지랑 모두가 걱정돼서, 멋대로 몰래 따라갔던 거야⋯⋯."

"⋯⋯⋯⋯."

"나도 무력했어⋯⋯ 그래서, 가디엘이 나를 감싸다가⋯⋯."

그때 일을 떠올리면 지금도 몸이 떨린다. 자신을 지키고 죽음의 문턱까지 갔던 가디엘에게, 어찌하면 좋을지도 알 수 없게 되어버렸으니까.

"라필리아가 줄곧 노력한 거, 모두가 알아. 하지만 아미엘은 저주에 삼켜져 몬스터 템페스트의 핵이 되어버렸어. 그곳은 인간도 정령도 있어선 안 됐어. 숙부님도 가디엘의 호위분들도 대피했을 정도였는걸. 라필리아는 무력하지 않아!"

"엘렌⋯⋯."

뚝뚝 눈물을 흘리기 시작한 엘렌을 보고 그녀는 자신이 울고 있던 것도 잊고서 놀라고 말았다.

"게다가, 게다라⋯⋯ 내 탓에 가디엘이⋯⋯ 내가 방심하지 않았다면, 가디엘은 지금도 분명, 이 나라의 왕태자였을 거야⋯⋯."

"⋯⋯⋯⋯."

"내가 가디엘의 운명을 망쳐버렸어. 나도 무력했어……."

라필리아는 저도 모르게 울음을 터뜨린 엘렌을 끌어안았다. 한동안 두 사람은 그대로 조용히 계속 울었다. 시간이 조금 지나고, 진정이 되자 포옹을 풀었다.

"어째서 거기에 간 거야? 엘렌이니까, 따라간 데는 이유가 있었겠지?"

라필리아가 그렇게 말했고, 엘렌은 눈물을 훔치면서 그때의 일을 이야기했다.

"쌍둥이 여신…… 보르 이모께 몰래 들었어. 이대로는 저주에 삼켜져서, 아미엘이 몬스터 템페스트의 핵이 되어버릴 거라고. 몬스터 템페스트를 막을 수 있는 건 내 힘뿐이라고……."

"몬스터 템페스트?!"

"하마터면 아버지가 저주에 삼켜질 뻔해서, 참지 못하고 뛰쳐나가 버렸어……."

"큰아버지가……."

일이 일인 만큼 너무 커서 다 받아들일 수 없는지, 라필리아는 한동안 멍하니 있다가 문득 신경 쓰였던 것을 말했다.

"그건, 엘렌이 무력했던 게 아니잖아?"

"응?"

"엘렌은 쌍둥이 여신의 말을 듣고 간 거잖아?"

"으, 응……."

아무 말이 없었더라도 갔을 거라 생각했다. 하지만 그걸 여기서 말하기는 꺼려졌다.

"방심해서라니, 그건 엘렌 탓이 아니잖아. 방심한 건 삼켜질 뻔한 큰아버지 쪽. 엘렌을 감싼 가디엘도, 가디엘의 판단이었다고 생각해."

"가디엘의…… 판단?"

허를 찔린 듯 눈을 크게 뜬 엘렌에게 라필리아는 자신이 기사가 되고부터 생각해왔던 것을 이야기했다.

"기사가 되고 조금 알게 됐는데…… 귀족이란 건 신분이 높으면 높을수록, 기사라고 해도 직접은 안 나서잖아."

"나서……?"

"선두에 서서 공격하거나 하지 않잖아? 왕족이라면 특히 뒤에 숨어 있으라고 하잖아? 기사도 왕족을 지키라고 듣는걸. 아빠는 지휘하는 입장이니까, 먼저 당했다간 곤란하다는 건 알지만……."

"으, 응."

"어중간한 귀족이나 그 정도 계급의 기사는 말이지, 거들먹거려서 미움을 받아. 평민 출신 기사들에게 잡무를 전부 떠맡기거나 해서 말이야……. 뭐, 나도 옛날에 그랬지만."

옛날 일을 떠올렸는지 라필리아는 한숨을 내쉬었다.

보호받아야 할 왕족과 귀족이라면, 앞으로 나서지 않는 것은 그리 교육받았기 때문이리라. 엘렌도 그런 위치이기는 했지만, 엘렌은 직접 선두에 서서 돌진해버리기 때문에 타인의 뒤에 숨어서 상황이 지나가기를 기다린다고 하는 감각을 좀처럼 이해하지 못했다. 이것은 아마도 반크라이프트가의 성질이기도 할 것이다.

"가디엘이 몸을 던져 엘렌을 감쌌다면, 그건 가디엘의 판단이고 엘렌이 마음 쓸 일이 아니라고 봐."

"어⋯⋯."

그러고 보니 가디엘도 말했었다. 죽을 각오는 되어 있었다고. 엘렌이 오든 오지 않든, 가디엘은 그 자리에 죽을 각오를 다지고 왔던 것이다.

엘렌이 무사해서 다행이라며 웃던 가디엘의 모습에 엘렌은 뚝뚝 눈물을 흘렸다.

가디엘은 납득했던 것이다. 엘렌이 신경 쓰지 않도록 "자신의 판단이다"라고 단언해주었다. 그것을 알기에 더욱 엘렌도 후회하고 있었다.

텐바르 왕성을 오가게 되면서, 가디엘이 주변 사람들에게 얼마나 사랑받고 있는지를 알았다.

정령을 학살한 자손이라 해도, 백성들이 보기엔 자신들을 지키려 한 왕족이라는 사실에는 변함이 없었다.

시점이 바뀌고, 자신의 눈으로 보아온 인간 측의 사정. 그에 따라 가디엘은 퇴진하기 위해 천천히 시간을 들여 주변을 납득시켰고, 동생인 라스엘에게 일을 인계하고 있었다.

그 뒷모습을 바라보면서 이대로 괜찮은 것일까? 하고 엘렌은 늘 생각했다.

"엘렌은 언제나 모두를 위해 무리를 하잖아? 자신 탓이라고 생각하면 안 돼."

라필리아의 이야기를 들어주고 있었을 터인데, 어느샌가 자신이 위로를 받고 있었다. 그 사실을 깨달은 엘렌은 울고 웃는 표정이 되면서도 라필리아에게 말했다.

"그렇게 말한다면 라필리아도 무력하지 않잖아."

"어?"

"그게, 알 방법이 없는걸. 아미엘이 죽은 것도 아미엘의 운명이 잖아?"

"으, 응⋯⋯."

"아미엘은 텐바르로 돌아올 생각 같은 건 없었어. 헬그녀국과 공모했으니, 다음에 만날 때라는 건 전쟁이 벌어졌을 때가 아니었을까? 하지만 폐하는 전쟁 같은 건 벌이고 싶어 하지 않았고, 먼저 문제를 배제하려 했지. 그러니 더더욱 만날 일 같은 건 없었을 거야."

"아⋯⋯ 그렇구나."

아무리 노력해도, 결국 아미엘에게 라필리아의 멋진 모습을 보여주기는 힘들었는지도 모른다.

전쟁이 되기 전에 아미엘을 암살하는 이야기가 나왔을 정도였다. 그걸 생각하면, 역시 어려웠으리라.

"게다가, 그 자리에 함께할 수 있었던 사람은 아버지와 숙부님⋯⋯ 그리고 근위 분들 몇 명과 가디엘의 호위 세 명뿐이었어."

"아⋯⋯."

"말단은커녕, 윗사람이라고 해도 같이 가기는 어렵지 않았을까?"

영웅과 기사단장, 그리고 왕태자의 호위와 전속 근위. 엘리트만

모인 곳에 아무리 발버둥 쳐본들 동석하는 것은 무리이리라.

"……그럼 아빠를 밀어낼 수밖에 없는 건가."

"어?"

갑자기 무슨 말을 하는 걸까. 혹시 실력주의 기사단장이 될 셈인가? 하고 엘렌은 너무 놀란 나머지 눈물이 쏙 들어가고 말았다.

"라필리아, 기사단장이 될 거야……?"

"그게 가장 빠른 지름길이려나."

"……후후후!"

"뭐야, 웃는 거야?"

"아니, 라필리아라면 할 수 있을 것 같다고 생각했어!"

"그래? 그렇지?"

자신만만하게 히죽 웃은 라필리아도 더는 울고 있지 않았다. 두 사람은 한바탕 웃었고, 그리고 서로 속 시원한 얼굴을 했다.

"엘렌에게 이야기하길 잘했네."

"그러려나? 나야말로 라필리아에게 위로받았는걸?"

"엘렌도 잔뜩 끌어안고 있으니까…… 우리, 더 이야기하자."

"응…… 응!"

무심코 몇 번이고 힘주어 엘렌이 고개를 끄덕이자, 라필리아도 기뻐하며 웃었다. 하지만 그 표정은 금세 굳어졌다. 왜 그런가 하고 걱정했는데, 아무래도 이번엔 조금 사정이 다른가 보다. 라필리아는 진지한 얼굴을 하고서 말했다.

"그 녀석의 무덤에 갈 수 있으려나……?"

"아미엘의? 왕가의 묘지니까…… 잠깐만 기다려봐."

엘렌은 염화로 가디엘에게 확인을 해보았다. 가디엘은 갑자기 어째서 그런 이야기가 된 것이냐며 놀랐지만, 어떻게든 설득해 허락을 받아달라고 부탁했다.

"가디엘도 오는 거야?"

"미안해. 왕족의 묘지는 근위가 경비하고 있어서, 기본적으로는 가족인 왕족밖에 못 간대. 게다가 아미엘의 무덤은 안내가 없으면 갈 수 없는 곳이래……."

거기까지 말하자 라필리아도 눈치챈 모양이었다. 아기엘과 아미엘은 전쟁을 계획한 범죄자로서 공표되었다. 일반 묘지에 들어갈 수 없었고, 그렇다고 해서 왕족의 묘지에도 들어갈 수 없다.

"아, 그렇구나……."

"다만 거리를 둬달라고 하는 건 가능하다고 생각하니까……."

"아니야, 괜찮아. 고마워."

"응."

주변의 공기가 조금 무거워졌지만, 라필리아는 이미 처음처럼 고민하는 얼굴을 하고 있지 않았다.

＊

텐바르 왕성의 뒤에 있는 숲의 외곽, 후미진 곳에 한 부분만 깔끔하게 정리된 장소가 있었다.

영국의 정원처럼 색색의 꽃에 둘러싸인 곳으로, 이곳엔 역대 왕족들을 모신 무덤이 같은 간격으로 만들어져 있었다.

이곳에 온 것은 엘렌과 가디엘을 비롯해, 왕족의 호위로서 사우벨과 라필리아, 그리고 가디엘의 호위 세 사람과 엘렌의 호위로서 가이와 반이 동석했다.

로벨은 아기엘의 무덤에 간다는 말을 듣고서 난색을 표했기 때문에 대신해서 사우벨이 동석하게 된 것이다.

대리석으로 된 화려하고 아름다운 아치를 통과하자, 탁 트인 곳이 나왔다. 그 중앙에 무언가 거대한 돌이 덩그러니 하나 서 있었다.

'여긴…….'

무덤 위치에서 제법 가까운 이곳에는 정령제가 열리는 비석이 있었다. 눈에 익은 장소를 본 엘렌의 걸음이 멈추었다.

비석 뒤에 해당하는, 세계가 다른 곳. 그곳에서 매년 가디엘의 기도 소리를 듣고 울었던 것을 떠올렸다.

"엘렌……."

가디엘이 부드럽게 손을 잡아 왔다. 엘렌의 시선 끝에 비석이 있다는 것을 눈치챈 모양이었다.

"어쩐지 반가운 기분이 들었어."

"여긴 나도 반가운걸. 엘렌이 비석 뒤에서 내 기도를 들어줬다고 들었을 때는……."

가디엘의 말에 엘렌은 무심코 가디엘을 올려다보았다.

"아주 기뻤어."

방긋 웃으며 마주 바라보자 엘렌의 얼굴은 새빨개졌다. 슬프다고 생각했던 기억이 가디엘의 한마디에 단숨에 다른 것으로 덧칠되었다.

"저기……."

뚱한 눈을 한 라필리아가 가디엘을 노려보았다.

"왜 그러지?"

방긋 웃으며 대꾸하는 가디엘의 모습에 라필리아는 한숨을 숨길 수 없었다. 동석한 사우벨은 등 뒤에서 허둥대고 있었다.

"알콩달콩하지 말라고. 산만해지잖아."

"산만해져? 그런가. 미안해. 우리한테는 이게 보통이라서."

태연하게 밉살스러운 말을 섞어가며 가디엘이 답했다. 그것을 알아차린 라필리아와 모두는 우와아…… 하고 노골적으로 몸을 물리며 질렸다는 표현을 했다.

"……오랜 마음이 이뤄져서 다행이네."

이번엔 라필리아가 밉살스럽게 맞받아쳤다. 가디엘이 반크라이프트가의 저택에 찾아왔던 때의 일을 놀리는 것일 테지만, 가디엘에게는 전혀 통하지 않았다.

"그래. 정말이야."

시원스러울 정도의 미소로 답하는 가디엘의 태도에 라필리아의 미간이 점점 찌푸려졌다.

"엘렌, 정말로 이런 집념 깊고 끈질긴 걸로 괜찮겠어?"

"라, 라필리아!"

사우벨이 당황하며 질책했지만, 라필리아는 전혀 개의치 않았다.

게다가 엘렌의 호위로서 따라온 카이 일행도 뒤에서 응응하고 고개를 끄덕였다. 그런 카이를 옆에서 지켜보던 반이 "너도 그렇잖아"라고 말하는 듯한 뚱한 눈을 했다.

갑자기 화제가 본인에게 돌아오자 엘렌은 라필리아와 가디엘의 얼굴을 번갈아 보았다. 몹시 난처한 얼굴이었지만, 그 얼굴은 살짝 붉었다.

"가, 가디엘이 좋아……요."

뺨을 붉게 물들이고, 머뭇머뭇하면서 엘렌이 말했다. 그 모습을 목격한 면면은 손으로 얼굴을 덮으며 몸을 뒤로 크게 젖혀 하늘을 보았다.

"엘렌, 기뻐."

"으, 응."

다시 알콩달콩이 시작되나 했는데, 곧바로 라필리아가 가디엘과 엘렌 사이에 끼어들었다.

여기에 로벨이 없는 이상 엘렌을 지킬 사람은 자신밖에 없다고, 라필리아는 그리 생각한 것이리라.

"앗, 라필리아?"

"엘렌, 나랑 손을 잡아줄래……?"

라필리아가 풀 죽은 모습으로 애처롭게 엘렌에게 부탁했다. 그것을 목격한 가디엘과 카이와 반이 "우웩" 하고 맛없는 것이라도 먹은 듯한 얼굴을 했다.

사우벨에 이르러서는 딸의 그런 모습을 처음 보고 놀랐는지, 눈을 크게 부릅뜨고서 굳어졌다.

"응!"

그러나 엘렌의 반응은 전혀 달랐다. 가디엘의 손을 탁 놓고, 둘이서 손을 꼭 잡고 방긋 웃으면서 목적지로 걸음을 옮겼다.

그 자리에 버려진 면면은 어리벙벙해졌다.

"라필리아 양도 꽤 하는군요~."

가디엘의 호위 중 한 명인 라베가 웃으면서 그런 감상을 말했다.

"앗?! 나도 아직 못 해본 손깍지라고⋯⋯?!"

가디엘의 분한 목소리에 모두가 라필리아와 엘렌이 맞잡은 손을 응시했다. 손가락과 손가락을 엇갈리게 낀 손깍지. 누구나가 동경하는 연인의 손깍지.

엘렌의 손이 너무 작아서 손가락 사이에 가디엘의 큰 손가락을 끼려면 엘렌은 손을 활짝 펼쳐야만 한다. 그걸 알기에 무리를 시켜선 안 된다며 가디엘은 참고 있었는데, 라필리아는 손가락이 가늘어서 엘렌과 위화감 없이 손깍지를 낀 모양이었다.

"우으⋯⋯."

조용히 질투에 불타는 가디엘을 보며 주변 사람들은 조금 질렸다.

집념 깊고 끈질기다. 모두의 머릿속에서 라필리아의 목소리가 재생되었다.

"전하⋯⋯."

익숙한 것인지 어이없어하는 호위들의 목소리가 들렸다. 그것을 등 뒤로 들으면서 엘렌 일행은 목적지인 왕가의 묘 쪽으로 향했다.

"이게…… 아미엘의 무덤."

눈앞의 무덤은 왕가의 묘라고는 생각할 수 없을 만큼 소박한 무덤이었다.

게다가 역대 왕가의 묘가 늘어선 정원에서 더욱 안쪽으로 이어진 오솔길 끝에 있었다. 주변은 딱히 손질되어 있는 것도 아니었고, 꽃이 심겨 있는 것도 아니었다.

울타리 너머는 절벽이고, 아래엔 그저 숲이 펼쳐져 있을 뿐인 곳.

"너무…… 쓸쓸한 곳이야."

"여긴 죄를 범한 왕족을 모시는 곳으로, 한꺼번에 매장돼."

"공동묘지인 거야?"

"그래. 안 믿기지? 옛날에도 그랬지만, 왕족이었다고 해도 수치라고 여겨지면 죄를 범하지 않아도 여기 묻혔다고 들었어."

"그런……."

슬픈 사실이 감춰진 묘지. 어딘가 먼 곳으로 의식을 보내면서 엘렌은 가져온 꽃을 호위에게 받아서 묘 앞에 내려놓았다.

사실은 꽃조차 바치면 안 된다고 하지만, 라필리아가 가져가겠다고 말했던 것이다.

꽃을 바치고, 다 함께 묵념한다. 그러나 라필리아는 묵념하지 않고 계속해서 무덤을 노려보았다.

"나한테 꽃을 받다니 아미엘에겐 굴욕적인 일이지?"

그리 말하고 있지만, 라필리아의 얼굴은 어딘가 쓸쓸해 보였다.

"나, 그 녀석과 어디가 다른 건지 잘 모르겠어……."

"라필리아?"

"학원에서 쫓겨났을 때, 자업자득인 부분도 분명 있었지만, 뒤에서 아미엘이 꾸몄다는 말을 본인 입으로 듣고 줄곧 원망했었어."

"……"

라필리아의 독백에 모두가 입을 다물고 이야기를 들었다.

"그 녀석이 나를 다시 보게 만들겠다며 기사가 되었는데, 깨닫고 보니 죽었다니…… 정말로 웃기지도 않아."

무덤을 노려보는 라필리아에게 다른 면면도 무어라 말하면 좋을지 모르겠다는 얼굴을 했다.

"하지만, 조금만 잘못되었다면 나는 그 녀석이었을지도 몰라…… 그리 생각될 때가 있어."

반크라이프트가에 처음 왔을 때, 주변을 원망하고 원하는 대로 풀리지 않는다며 난폭하게 굴던 때.

그대로 엘렌을 미워하고 원망했다면 헬그녀의 앞잡이가 아리아를 노렸던 그곳에 라필리아도 있고 도움을 받지 못한 채 죽었을지도 모른다.

엘렌이 마음을 써주었기 때문에 많은 협력을 얻을 수 있었던 것이다.

아미엘은 라필리아에게 "같은 소문이 돌았다"라고 했었다. 지독한 모친이라는 소문이 나고, 마찬가지로 거칠게 날뛰던 딸이라는 처지는 아미엘과 마찬가지였다.

아미엘도 라필리아처럼 어디선가 변할 수 있었다면, 헬그너에 가는 일 없이 지금도 왕성에서 살았을지도 모른다.

"라필리아……."

사우벨이 라필리아의 어깨에 손을 올렸다.

"아미엘이 나를 다시 보게 만드는 게 내 목표였어. 하지만 그것도 끝나버렸네. 그러니까, 아빠."

빙글 무덤에서 등을 돌리고 사우벨 쪽을 바라본 라필리아는 사우벨의 손을 가볍게 탁 쳐냈다.

"……어?"

어째서 쳐내는 것인지 모르겠다는 듯이 사우벨이 눈을 동그랗게 뜨자, 라필리아는 선언했다.

"나 아빠를 끌어내릴 수 있도록 노력할 거야!"

"어…………."

말문이 막힌 주변을 무시하고 라필리아는 기운차게 선언했다.

"나 더 강해져서 기사단장을 목표로 할 거니까!"

"에에에에에엑?!"

어째서 그렇게 되는 건데?! 라는 듯한 반응의 면면에게 엘렌이 보충 설명을 해주었다.

"아미엘을 데리러 갔던 무리에 포함되지 못했으니까, 라필리아는 위로 올라갈 거라고…… 가장 빠른 길은 숙부님을……."

"단장 자리에서 끌어내리는 거야!"

라필리아의 선언에 사우벨은 파랗게 질렸다.

"아니 아니, 잠깐 잠깐 잠깐…… 라필리아가 말하면 농담이 아니게 된다고."

가디엘까지도 파랗게 질리며 라필리아를 말리려 했다.

"뭐야! 나는 진심이거든! 엘렌만 휩쓸려서…… 나도 엘렌을 지키고 싶어!"

라필리아의 선언에 엘렌은 너무나도 놀란 나머지 몸을 쭉 폈다.

"어…… 나?"

"맞아. 엘렌은 그냥 내버려 둘 수 없거든. 엘렌은 왕족과 결혼할 거잖아? 지킬 거라면, 그 정도의 위치가 아니면 옆에 갈 수도 없잖아!"

흥! 하고 씩씩대며 선언하는 라필리아를 보며 엘렌의 가슴은 감동으로 찡해졌다.

"라필리아……."

엘렌은 너무나도 기쁜 나머지 볼을 물들이며 라필리아를 바라보았다.

그 모습을 보는 주변 사람들의 안색이 나빠졌다. 그것도 무리는 아니다. 사실 라필리아의 실력은 사우벨 다음…… 부단장 수준이라는 말을 듣고 있는 것이다.

물론 라필리아는 그런 일 같은 건 모르지만, 뒤에서는 언제 자리를 빼앗길지 몰라 전전긍긍하는 자들이 있었던 것이다.

당황한 사우벨과 가디엘의 뒤에서 카이가 흥 하고 코웃음을 쳤다. 그것을 눈치 빠르게 알아차린 라필리아와 카이 사이에서 빠직

빠직 불꽃이 튀었다.

"나는 아미엘 님이 계셨던 곳에 엘렌 님과 함께 갔었죠."

"뭐, 뭐라고오오오?!"

틀림없이 카이는 라필리아에게 시비를 거는 데 있어선 천재라고 모두가 생각했다.

"엘렌! 어째서 나한테는 가르쳐주지 않은 거야?!"

"미, 미안해……!"

이미 둘이 있던 때 사과했지만, 분노로 물든 라필리아는 까맣게 잊어버린 모양이었다.

"분해! 어차피 엘렌의 호위라고는 해도 대부분은 반의 힘이잖아!"

"큿……."

정곡을 찔리고 기세가 죽은 카이를 보며 라필리아는 당당하게 가슴을 폈다.

그 모습을 보던 반도, 카이를 향해서 흥 하고 코웃음을 쳤다. 이번엔 반과 카이 사이에서도 빠직빠직 불꽃이 튀었다.

"나도 반드시 강해져서 너를 때려눕혀 줄 거라고!"

"뭐? 할 수 있으면 해보든가."

빠직빠직빠직…… 하고 불꽃이 튀는 중에, 느긋한 목소리가 머리 위에서 울렸다.

"그럼, 나랑 계약하자."

어라……? 하고 목소리가 들린 쪽을 보았더니, 상공에 떠 있는 자가 있었다.

　"어, 어머님……?"

　반이 놀라며 목소리의 주인에게 말을 걸었다.

　"여어."

　한 손을 들어 가볍게 인사하는 아우스톨에게 반이 정색했다.

　"기, 기다려주십시오! 어머님은 누구와 계약할 셈이십니까?! 설마……."

　"거기 말괄량이 아가씨인 게 당연하잖아."

　무슨 말을 하는 거냐는 투인 아우스톨의 반응에 모두가 말을 잃었다.

　"그래서, 대답은?"

　아우스톨은 땅으로 내려와 똑바로 라필리아를 바라보았다.

　"자, 잠깐 무슨 뜻이야?!"

　"힘을 갖고 싶잖아? 저기 애송이와 경쟁하려면, 정령과 계약하는 편이 간단할 텐데?"

　"그렇지만…… 어째서 나랑?"

　"……어째설까. 아가씨가 신경 쓰여서 말이야."

　'그러고 보니 아우스톨은 때때로 영지까지 따라와선 라필리아를 지켜봤었지…….'

　엘렌도 놀랐지만, 마음 한편으로는 납득했다. 아마도 라필리아를 격려해줬던 그때부터 줄곧 신경이 쓰였던 것이 틀림없다.

이전에 풀이 죽었던 라필리아가 기운을 차린 것 같다고 안심했던 것도 기억에 새롭다.

이번에도 라필리아가 풀 죽어 상태가 이상하다는 말을 언뜻 듣고서 몰래 따라온 것이리라.

"……훈련 중에도 가끔 보러 왔었지?"

"뭐야, 눈치채고 있었어?"

처음 듣는 내용이 슬쩍슬쩍 나오고 있어서 주변 사람들은 놀라움을 감추지 못했다. 아니, 그보다 아우스톨은 정령계를 대표하는 영아의 총장.

반보다도 훨씬 강한 정령으로, 자칫하면 세계 제일인 로벨 다음으로 강한 힘의 소유자가 될 것이 명백했다.

"기다려주십시오! 어머님이 그 계집아이와 계약이라니……! 아버님이 알면 유혈 사태가 벌어질 겁니다!"

"시끄러워. 그 녀석은 딱히 상관없잖아."

"그렇게 간단히 넘어갈 이야기가 아닙니다!"

반의 당황한 모습이 심상치 않았다. 그 아버님이라는 대정령은 그 정도로 위험한 상대냐며 호위들 사이에서 동요가 일었다.

"게다가, 이 계집아이는! 예전에 공주님을 울렸던 녀석입니다!! 절대로 용서받을 수 없는 일입니다!"

"뭐?"

반사적으로 모두의 시선이 라필리아에게 집중되었다. 그녀도 엘렌을 울렸던 것에 당황하고 있었다.

"잊었다는 말은 하지 마라!! 나는 집요하게 기억하고 있으니까!"

"스스로 집요하다고 하는 거야?! 그보다, 옛날이라니 언제?!"

"네가 납치당했을 때다!!"

라필리아와 엘렌의 목소리가 "아……" 하고 겹쳐졌다. 그러고 보니 그런 일도 있었던 것 같다.

"아가씨가 공주님을 울렸다고?"

"아…… 옛날에. 하지만 사과했어."

"응. 사과받았는데?"

"그럼 딱히 상관없잖아."

순식간에 해결되어버렸다. 그러자 반은 으아으아 하며 제대로 반응하지 못했다.

"그러고 보니 그 후에 반 군도 날 울렸었지."

엘렌이 폭탄 발언을 했다. 그러고 보니 가슴이 어쩌니 하는 배려심 없는 말을 외쳐서 엘렌이 크게 울었었다.

"꼬마가 공주님을 울렸다고……?"

고오오오오……하고 아우스톨의 분위기가 노기로 바뀌었다.

"그러고 보니 그랬지."

비슷한 분위기를 두른 라필리아를 보고 모두가 이 두 사람 닮았네…… 하고 마음속으로 중얼거렸다.

"고, 공주님……."

조금 전의 기세는 어디로 갔는지. 동요로 귀와 꼬리가 튀어나온 반을 보고 엘렌은 방긋 웃었다.

"그때도 반 군이랑 화해했잖아? 그러니까 이제 괜찮지?"

"우으으으……."

용서하지 못한 것은 반뿐이라고 지적당하자 반도 쩔쩔매기 시작했다. 역시 엘렌에게는 상대가 안 된다고 이 자리에 있던 모두가 생각했다.

그런 대화를 무시하고, 아우스톨은 라필리아를 다그쳤다.

"그래서, 나랑 계약할 거야?"

"어째서 그런 흐름이 되는 건데……."

"어? 싫은 거야?!"

정령과 계약하기 싫다니 대체 무슨 소리냐는 듯이 가디엘은 경악한 눈을 하고 있었다.

다른 면면도 아연실색하는 중에, 엘렌만이 냉정하게 라필리아에게 이유를 물었다

"라필리아 안에서 신경 쓰이는 일이라도 있는 거야?"

"……그게 뭐랄까, 그건 딱히 내 실력이 아니잖아?"

"뭐?"

"나는 제대로 실력을 쌓고 싶다고 할까…… 정령과 계약하다니 영광스러운 일이라고는 생각하거든?! 생각하지만…… 나한테는 아직 그럴 자격이 없다고 생각해."

"라필리아……?"

정령에게 계약을 제안받았다고 하는 것만으로도 영광스러운 일이라고 생각한다. 라필리아는 주변 사람들이 정령과 계약해도 그

것을 두고 약았다느니 말한 적은 없었다.

옛날의 라필리아라면 그리 말했으리라. 사실 반과 계약한 카이에게도 본인을 따르라고 말했던 기억도 있다.

그러나 기사를 목표로 하고부터, 달리 부러워할 만한 일을 마주하게 되어도 라필리아는 그저 축하의 말을 건넬 뿐이었다.

'그러고 보니 주변에 정령이 잔뜩 있는 환경인데도 라필리아는 계약하고 싶다는 말은 한 번도 한 적이 없었어……'

"지금의 나로는 도저히 닿을 수 없다는 건 알고 있어. 하지만 그렇다고 해서 정령과 계약했다는 이유만으로 그 자리를 받게 되면…… 그건 납득할 수 없어. 나는 내 힘으로 아버지를 끌어내리고 싶어!"

"마지막 말은 너무하잖아……"

복잡한 얼굴을 한 사우벨이 저도 모르게라는 느낌으로 그렇게 말했다.

계약을 하고 싶은 게 아니라는 걸 그제야 겨우 깨달았지만, 라필리아는 자신의 마음을 어찌 설명하면 좋을지 모르는 것이리라. 그러나 아우스톨은 라필리아의 말을 가만히 기다렸다.

그사이 반은 몰래 염화로 연락을 취했다. 그것은 피를 보게 될 거라며 어서 거절하게 해야 한다고 허둥대던 탓이었다.

『아버님! 어머님이 인간 계집아이와 계약하려 하고 계십니다!!』

라필리아의 대답이 나오기 전에, 갑자기 그 자리에 그늘이 지고 어두워졌다. 그리고 상공에서 무언가 위압감이 용솟음쳤다.

"어…………?"

모두가 위를 올려다보았고, 그곳에는 격노한 거대한 용의 얼굴이
있었다.

제75화 대소동 속

『나의 사랑하는 아우스톨과 계약하려 하는 인간이 있다니……! 태워 죽여주마!!』

용……? 하고 누군가가 중얼거리는 소리가 들렸고, 그 자리는 시끄러워졌다. 성의 상공에 갑자기 나타난 용의 모습에 큰 소동이 일어났다.

"어…… 설마, 빈트인가요?"

변화의 정령이라고 들은 적이 있었지만, 설마 용으로 변화하리라고 누가 생각이나 했을까.

엘렌은 옛날에 한 번 격노한 빈트의 얼굴을 본 적이 있었다. 텐바르 왕족이 정령에게 무언가 했을 거라 직감하고, 조사하던 때였다.

『이놈들……!! 또 질리지도 않고 제멋대로!!』

그렇게 소리치며 변화할 뻔했고, 송곳니가 나와 있던 것을 희미하게 기억하고 있었다. 그저 너무 화가 난 탓인지, 아니면 초조해하며 서둘러 온 탓인지, 용의 눈 사이에 작은 안경이 남아 있는 것을 재빠르게 발견하고 말았다.

"어이, 꼬마…… 잘도 귀찮은 짓을 해줬네?"

"말하지 않았다간 쓸데없이 더 피를 보게 될 것 아닙니까!! 그 계집아이를 갈가리 찢는 정도로는 안 끝날 겁니다!!"

당황한 반을 무시한 채, 계집아이라는 말을 들은 빈트가 라필리아를 발견했다.

『네놈인가!』

콱 물어뜯으려 하는 빈트에게 엘렌이 소리쳤다.

"빈트, 그만둬!"

그러나 제지도 듣지 않고 빈트는 라필리아에게 덮쳐들려 했다. 아우스톨이 검을 뽑으려 자루에 손을 뻗은 순간, 라필리아가 조용히 말했다.

"잠깐, 방해하지 마."

찌릿 하고 빈트를 노려본 라필리아는 순식간에 하늘로 뛰어올랐다.

"라필리아?!"

엘렌의 비명이 울렸지만, 그보다도 먼저 라필리아는 빈트의 눈앞에서 빙글 1회전. 그리고 가차 없이 발뒤꿈치 찍기를 빈트의 미간에 날렸다.

순간, 콰직…… 하고 묵직한 소리가 주변에 울려 퍼졌다.

『크헉…….』

빈트의 몸이 비틀하고 휘청였고, 부웅 하고 무언가가 사라지는 소리가 났다.

쿠웅! 지면에 떨어진 것은 인간형으로 돌아온 빈트였다. 주변이 아연실색한 사이에, 라필리아는 타악 하고 깔끔하게 착지했다.

"시끄럽네. 입 좀 다물어."

손을 탁탁 쳤고, 지면에 처박힌 빈트는 움찔움찔하며 경련했다.

여전히 아연실색하고 있는 주변을 무시한 채 라필리아는 아우스톨을 바라보며 말했다.

"나는 아직 미숙하니까, 정령이라는 지름길로 도망치고 싶지 않아. 하지만, 조금 더 강해지면…… 다시 말해주겠어?"

그렇게 말하며 거절한 라필리아의 모습에 아우스톨은 크게 웃었다.

"아하하하하하! 이 녀석을 날려버린 것만으로 이미 충분하다고!"

"어?"

순간 아우스톨은 짐승화하여 거대한 백호로 변신했다. 라필리아를 가만히 바라보고, 그리고 두 사람 사이에 마법진이 나타났다.

『나는 네 강함을 인정하고 있다. 나와 계약할 수 있다는 것도, 네 실력이지. 게다가, 강함이란 힘만을 의미하는 게 아냐.』

"힘……만이 아니라고?"

『너는 내면도 강해. 게다가 말이야, 끌리는 건 어찌해도 끌리게 되거든.』

"끌린다고……?"

『정령과 계약하는 자는 인정받은 자. 안심해도 좋아. 이건 네 실력이다.』

마법진이 빛나고, 점점 힘이 결집해갔다. 주변에 바람이 거칠게 일었고, 가벼워 날아갈 뻔한 엘렌을 가디엘이 감싸 안았다.

『내 이름은 아우스톨. 바람의 대정령이자 영아의 총장. 자, 내 힘을 받아!!』

"어라? 어—?!"

라필리아의 당황한 외침과 함께, 주변이 빛에 감싸였다. 아우스톨과 라필리아의 주변으로 살랑 부드러운 바람이 불었다.

『앞으로 잘 부탁한다!』

으하하 하고 호쾌하게 웃는 아우스톨은 매우 기분이 좋아 보였다. 그리고 지면에 엎드려 있는 자신의 남편을 휙 물어 들더니 『이 녀석 좀 던져놓고 올게』라며 전이해 사라지고 말았다.

"…………."

남겨진 자들은 너무나도 큰일이 벌어진 탓에 멍해질 수밖에 없었다. 눈앞에서 무슨 일이 일어났는지, 머리가 따라가지 못하는 듯했다.

무슨 일이 일어났는지 잘 이해하지 못하고 있는 라필리아에게 엘렌이 머뭇머뭇 말을 걸었다.

"계약, 축하해. 라필리아……."

"에에에에에에엑—?!"

주변에 라필리아의 비명이 메아리쳤다.

*

아우스톨에게 물린 상태로 정령계로 돌아온 반은 정령성의 홀에 휙 내던져졌다.

대체 무슨 일이냐며 로벨과 정령들이 우르르 몰려들었고, 기절해 있는 빈트를 보고 눈을 크게 떴다.

"어머나, 큰일이네. 누가 좀 빈트를 옮겨주겠어?"

큰일이라고 말하면서도, 수경으로 상황을 전부 지켜보고 있던 오리진은 쓴웃음을 지으며 메이드들에게 명령했다.

"정말이지, 쓸모없는 녀석이야."

오리진과 함께 왔던 로벨은 본인이 했던 행동들은 모르는 체하며 그런 신랄한 말을 내뱉었다. 오리진 옆에서 함께 보고 있었던 모양이다.

"한 방에 쓰러뜨리다니 역시 맹수야."

그런 감상을 말하면서 로벨은 빈트를 가마니처럼 어깨에 짊어지고, 객실 침대에 던져놓았다.

아우스톨과 계약한 라필리아는 엘렌의 친족이다. 빈트가 화가 난 나머지 라필리아를 죽이려 한다면, 아우스톨도 엘렌도 격노하리라.

그렇게 되어버릴 미래도 예측할 수 있었기에 오리진과 로벨은 주의 깊게 빈트의 상태를 살피며 정령성에서 간호했다. 그러나 눈을 뜬 빈트는 그저 축 가라앉아 엉엉 울기 시작했다.

그 후, 울면서 아우스톨에게 "나를 버리지 마~!" 하고 매달리는 빈트를 보게 되고 만 로벨 일행은 전율했다.

"시끄러워, 시끄러워—! 아~ 정말이지~ 시끄럽다고!!"

아우스톨에게 휙 내던져져 풀썩 바닥에 떨어진 빈트의 모습에 모두가 질려버렸다. 그리고 다시 훌쩍훌쩍 울기 시작한 빈트에게 모두는 불쌍히 여기는 시선을 보냈다.

"뭐랄까…… 저렇게까지 우울해할 일인가?"

진심으로 이해가 안 된다는 듯이 고개를 모로 꼬는 로벨을 무시한 채, 빈트는 중얼중얼 무언가를 중얼거렸다.

"나는 이렇게나 아우스톨을 사랑하고 있는데……."

시커먼 무언가가 빈트의 몸에서 새어 나오는 것만 같아서, 로벨은 저도 모르게 몸을 물렸다.

"뭔가…… 이 녀석 위험하지 않아?"

로벨은 무심코 오리진에게 물었다. 로벨의 옆에 있던 오리진은 한숨을 한 번 내쉬며 설명했다.

"정말이지, 로벨도 참. 당신도 엘렌이 도련님과 계약했다는 걸 알았을 때 죽이려고 했잖아."

"앗!"

완전히 잊고 있었나 보다. 지금 생각났다는 듯이 로벨의 미간에 주름이 잡혔다. 아무래도 화가 다시 치솟기 시작한 모양이었다.

"아니, 하지만 엘렌의 경우는 이성이라고!"

"관계없잖아? 자신이 있는데, 소중한 사람에게 달리 관심을 둔 상대가 생기면 신경 쓰이지 않겠어?"

"그렇지!!"

즉답한 로벨은 그제야 빈트의 마음이 이해된 것 같았다. 여전히 바닥에 풀썩 주저앉아 있는 빈트를 안쓰럽게 여기는 얼굴을 하고서, 그 어깨에 툭 한 손을 올렸다.

"고생했어."

"위로가 안 되거든요?! 뭡니까? 고생이라니! 의미를 모르겠습니다!!"

바로 고개를 들고 말대꾸하는 빈트의 반응에 로벨은 "기운 넘치네" 하고 중얼거렸다.

"아우, 아우스톨······! 내가 있는데 어째서 바람을······!"

빈트가 다시 눈물을 글썽이자 로벨은 질리기 시작했다.

"바람이 아니잖아. 나도 수경으로 보고 있었는데, 그건 분명 질리지 않는 장난감으로 여기고 있는 거라고."

그런 로벨의 위로도 한탄하는 빈트의 귀에는 들리지 않았다.

"우으우으, 로벨 님은 제 기분 같은 건 모를 겁니다. 네. 로벨 님도 엘렌 님의 계약을 두고 저처럼 슬퍼해보십시오!"

갑자기 번쩍 고개를 든 빈트를 보며 로벨과 오리진은 눈을 놀라며 깜빡였다.

"그 건, 저는 빠지겠습니다!!"

"뭐어?! 네가 꺼낸 얘기였잖아!"

"지혜를 빌려달라고 말한 건 로벨 님입니다! 이제 혼자서 하십시오!"

"할 수 있으면 벌써 했지! 나는 감시, 가······."

지금 상황을 떠올렸는지 로벨은 당황해 식은땀을 흘리며 힐끗 옆을 보았다.

"어머나. 감시라니 무슨 말일까~?"

오리진은 귀엽게 갸우뚱하고 고개를 기울였지만, 눈이 웃고 있지 않았다. 오히려 무언가 고오오오오······ 하고 땅이 울리는 것만 같았다. 이건······ 드물게도 오리진이 화가 났다.

"오, 오리······ 저기, 이건······."

"엘렌을 방해하면 안 되잖아! 떽!"

"으아아!"

쿠구궁 하고 정령성이 흔들렸다. 오랜만에 로벨과 오리진의 부부 싸움이 발발했다.

엘렌과 가디엘은 때마침 텐바르성으로 향하고 있었기 때문에 화를 면할 수 있었지만, 돌아와 보니 성이 반파되어 있으리라고 누가 예상이나 했을까.

*

당연하지만 라필리아의 정령 계약은 온 나라의 큰 소동이 되었다. 정령계에서도 다섯 손가락 안에 드는 고위 정령이라고 사우벨에게 설명하자, 사우벨은 넋을 잃고 새하얘졌다.

"이미 사우벨 님을 뛰어넘은 게 아닌지……."

가디엘이 쓴웃음을 지으며 말하자 엘렌도 쓴웃음을 지으며 동의했다.

"빈트는 정령계의 재상이에요. 그런 그를 한 방에 보낸 인간이 있다며 정령계에서도 화제가 되었답니다."

"그 녀석이 정령계의 재상……."

라필리아가 예상외라고 말하고 싶은 듯한 표정으로 중얼거렸다. 그리 말하고 싶은 마음은 이해한다며. 엘렌은 쓴웃음을 지으면서 마음속으로 동의하고 말았다.

라필리아는 그 후에도 아직 좀처럼 실감이 들지 않는 듯했지만, 아우스톨이 끈질기게 라필리아의 옆에 있으려 하자 겨우 정령과 계약했다는 실감을 조금씩 하는 듯했다.

"어째서 계속 옆에 있는 거야?"

방 안을 가득 채울 듯한 커다란 백호가 라필리아 옆에 엎드려 누워 있었다. 영아의 총장은 때때로 이렇게 라필리아 옆에서 낮잠을 자러 왔다.

『딱히 상관없잖아. 저쪽도 나한테 용건이 있으면 연락하겠지.』

"언제나 이렇다니까……."

쓴웃음을 지으며 라필리아는 어딘가 익숙한 듯이 그렇게 말했다.

'아우스톨은 끈질긴 빈트한테서 도망쳐 온 것뿐일 테지…….'

라필리아의 옆은 딱 좋은 대피 장소인 모양이었다. 빈트는 라필리아에게 맞고 뻗은 적이 있기 때문에 접근하는 것을 경계하고 있는 듯했다.

사실을 아는 엘렌은 쓴웃음을 지었지만, 라필리아 주변은 부드러운 바람이 불고 있어 이걸로 됐다고 생각했다.

반크라이프트의 저택으로 돌아온 면면은 로벨도 포함해 함께 대화를 나누었다.

라필리아가 정령 마법사가 되었으니, 기사단으로서도 어느 쪽으로 갈지를 조절해야 했다.

그에 관해 라필리아는 고집스럽게 기사단에 남겠다고 주장하며 말을 듣지 않았다.

"라필리아는 아직 견습인데……"

머리를 싸맨 사우벨은 정령 마법사라고 인정받아 버린 딸의 입장에 조금 곤란해하고 있었다.

그도 그럴 만한 것이, 대정령과 계약한 기사가 기사단에 없었기 때문이었다.

카이의 입장은 상당히 특수한데, 사우벨의 부하라는 형태를 취하고는 있지만 기사단 소속은 아니다.

어디까지나 엘렌을 우선한 사병에 가깝다. 그런데 그것이 또 한 명, 대정령과 계약한 견습이 있다고 하면 위도 잠자코 있지 않을 터였다.

"단장 보좌 견습이 타당하지 않을지……."

"뭐, 괜찮지 않을까? 실력은 있잖아?"

사우벨의 중얼거림에 로벨도 긍정했다. 그것을 들은 라필리아는 단숨에 밝아졌다.

"아빠의 보좌가 되는 거야?! 나 열심히 할게!"

라필리아가 반짝거리는 눈으로 바라보자 사우벨은 너무나도 기쁜 나머지 눈물을 뚝뚝 흘렸다.

"아, 아빠?!"

"우으…… 딸이 다 컸어……."

"그렇지 그렇지. 그런 말을 들으면 감동하지."

로벨이 응응하고 고개를 끄덕이는 앞에서 라필리아는 어쩔 줄을 몰라 하며 부끄러워했다.

"잠깐, 아빠 그만해!"

"우으…… 시집 안 보낼 거야……."

"갑자기 무슨 말을 하는 거야?!"

어쩐지 로벨과 형제가 맞구나 싶어지는 대화가 펼쳐지는 것을 보고, 엘렌과 가디엘은 얼굴을 마주 보며 웃었다.

"그나저나, 맹수에는 맹수인가……."

"아버지, 뭐라고 하셨나요?"

싱긋 웃는 얼굴인 엘렌을 향해 로벨도 싱긋 웃어 보였다.

"아무것도 아닌데?"

"못된 말을 하는 건 이 입인가요?"

엘렌이 로벨의 양 볼을 쭈욱 잡아당겼다. 딸이 상대해준 것이 기쁜지 로벨은 엘렌이 하는 대로 두었다.

"아퍄 에렌."

"못된 말은 하지 말기로 해요. 베르크랑 사티아가 따라 하면 어떡해요."

"그걍 앙 대."

"후후후."

로벨의 늘어난 볼이 조금 빨갰다. 엘렌이 죄송해요 하고 말하면서 뺨을 문지르자 로벨은 헤벌쭉한 미소를 지으며 가만히 있었다.

그런 광경을 흐뭇하게 지켜보던 가디엘은 자신도 이런 가족을 만들겠다고 마음속으로 맹세했다.

*

라필리아에게 한 방에 뻗어버렸던 빈트는 여전히 훌쩍훌쩍 울고 있었다.

"정말이지~ 재미있었지만 이제 그만 좀 해줘~."

그 오리진마저 질려하며 불평할 만큼 음울한 공기를 두르고 있었다.

"으윽흑…… 나의 사랑스러운 아우스톨이…… 인간에게 더럽혀졌어……."

"어머나. 그 인간한테 한 방 먹지 않았어?"

"우으윽! 그건 불의의 습격이었습니다!!"

"그래도 뻗어버린 건 사실이잖아? 이제 그만 인정하도록 해."

한숨을 섞어가며 오리진이 그리 타일렀지만, 빈트는 여전히 납득하지 못했다.

정령들은 어딘가 뇌가 근육인 면이 있어서, 힘이 전부라고 여겼다. 정령계에서는 그 빈트를 뻗게 한 인간이 있고, 아우스톨이 인정했다고 하는 사실로 두려움을 사고 있을 정도였지만, 대정령에게는 굴욕적인 일이리라.

아니나 다를까, 같은 지위의 대정령들에게는 역시 웃음을 샀다.

"우으으윽! 이 무슨 굴욕인지……!"

"처음으로 돌아와 버렸어……."

후우 하고 한숨을 내쉰 오리진은 문득 옆에 있는 수경을 들여다보았다.

거기엔 라필리아 옆에 엎드려 누워 있는 아우스톨이 있었다. 그 기운 넘치는 아우스톨치고는 드물게도 얌전한 모습에 오리진은 어떤 사실을 알아차렸다. 라필리아를 지켜보는 눈이 몹시도 다정했던 것이다.

"아, 그러고 보니……."

무언가를 떠올린 오리진은 방긋 웃으며 빈트에게 폭탄을 던졌다.

"아우스, 딸을 갖고 싶은 게 아닐까?"

"네……?"

굳어진 빈트에게 예전에 그런 말을 중얼거린 적이 있었다고 오리진이 말하자, 빈트의 눈이 반짝반짝 빛났다.

"딸…… 딸이 갖고 싶어서 인간 계집아이와 계약을……?!"

"그건 아니지 않을까? 아우스는 저 아이와 많이 닮았거든. 그냥 내버려 둘 수 없었던 걸 거야."

"어째서…… 어째서 제게 말해주지 않는 겁니까! 그럼 그렇다고!!"

"앗!"

무릎을 끌어안고 훌쩍대던 빈트가 갑자기 일어서더니 전이해 사라졌다. 아우스톨이 있는 곳으로 갔으리라고 생각하긴 했지만, 어쩐지 차마 못 보겠다는 기분에 사로잡혔다.

머뭇머뭇 수경을 들여다보니, 그곳에선 이런 대화가 펼쳐지고 있었다.

『딸을 갖고 싶으면 그렇다고 말해주면 좋았잖습니까! 섭섭하니다. 나의 아우스톨!』

『뭐어? 갑자기 나타나서 뭐야?』

『부디 꼭 아이를 만들죠!!』

거리낌 없는 빈트의 말에 아우스톨이 빠직하고 화를 냈다.

수경에서 둔탁한 소리가 났다. 오리진이 움찔하고 놀라며 수경에서 시선들 돌렸다. 틀림없이 아우스톨이 빈트를 후려치는 소리이리라.

"아~ ……아우스, 미안해……."

경솔했던 걸까…… 하고 오리진이 사죄하고 있다는 것은 꿈에도 모른 채. 아우스톨은 어째선지 끈질기게 달라붙는 빈트에게 질려 버렸다.

그 후 반에게도 아우스톨이 "딸도 좋네"라고 했었다는 말을 들은 빈트는 감격하여 더욱 아우스톨에게 달라붙는다고 하는 장면이 목격되게 되었다.

제76화 5년 후의 모두

그 후, 순식간에 세월은 흘렀고 드디어 엘렌은 스무 살이 되었다.

엘렌은 느리기는 했지만 성장했고, 지금은 작은 체구의 여성으로 성장했다. 넘치던 기운은 조금 차분해져서, 정숙한 여성이라는 평을 받았다.

"정숙하다니, 누가?"

"엘렌……."

본인도 주변도 정숙하다니~ 하며 쓴웃음을 지었다. 성장했어도 내면은 달라지지 않았다. 궁금한 것이 있으면 흥미진진해하며 파고들고, 생각에 빠지면 주변이 보이지 않게 되어버리는 버릇도 여전했다.

그런 엘렌의 옆에 있는 가디엘은 반정령이 되었을 때의 나이인 채인가 싶었지만, 남성미가 늘었고 조금 성장하기도 했다.

실제 나이보다는 어려 보이는 것 같기도 했지만, 반정령이 되고도 여전히 나이를 먹는 가디엘에 주변의 이들은 놀랐다.

최근엔 로벨보다도 아주 조금 연상으로 보일 정도였다. 로벨이 그것을 알고 크게 질투했다.

"어째서냐! 어째서 너는 성장하는 거지?!"

"모르겠습니다만……."

"도련님은 반정령화했을 때 신체 손상이 적었기 때문이라고 생각해. 로벨은 거의 다시 만들어야 했는걸."

생각할 수 있는 이유를 오리진이 말하자 로벨은 순간 깨닫고 말았다.

"그럼, 이 녀석이 나보다 빨리 늙어 죽는다는 건가?"

그 사실에 엘렌이 휘둥그레 눈을 뜨며 놀랐다. 슬픔으로 가득한 얼굴이 된 엘렌의 눈에 눈물이 고였다. 설마 하는 마음은 가디엘도 강했지만, 엘렌이 울어버리자 당황하며 엘렌을 안심시키기 위해 끌어안았다.

『그럴 리 없잖아.』

갑자기, 보르의 목소리가 수경의 방에 메아리쳤다. 전이해 나타난 쌍둥이 여신을 보며 로벨은 "켁" 하고 짓눌린 목소리를 냈다.

"정말이지, 도련님의 성장은 엘렌의 성장에 이끌린 거야."

"네……?"

무슨 말인가요? 하고 눈물을 닦으며 엘렌이 묻자 바르가 윙크하며 답했다.

"엘렌, 오랜만이야! 지켜보고 있었지만, 많이 컸구나~."

우후후 하고 웃는 두 사람 사이에 끼워졌다. 변함없이 풍만한 가슴에 파묻히는 꼴이 되었지만, 키가 컸기 때문인지 그저 부드러운 것에 파묻히는 천국을 맛보는 수준에서 끝났다.

'대단했어……'

부러워…… 하고 여전히 쌍둥이 여신에게 선망의 시선을 보내는 엘렌의 모습에 쓴웃음을 지으면서 가디엘이 이유를 물었다.

"도련님은 계약해서 엘렌과 힘이 이어졌잖아? 하지만 엘렌은 성장할 필요가 있었으니까, 우리의 힘을 얻어 성장했지. 그건 힘도 마찬가지야. 엘렌이 성장할수록 엘렌의 힘도 커지지. 거기에 이끌려서, 도련님도 성장한 거야."

"맞아 맞아. 엘렌의 성장이 안정되면, 도련님의 성장도 안정될 거야."

"쳇."

로벨은 바로 혀를 찼지만, 엘렌은 안심했다.

"다행이다……."

"응, 나도 놀랐어."

영원한 시간을 사는 엘렌의 옆에 있을 수 있는 것은 짧은 시간뿐인가 하고, 가디엘도 엘렌도 순간 두려워졌었나 보다.

무심코 두 사람은 살며시 서로를 끌어안았다. 그것을 쌍둥이 여신과 오리진은 흐뭇하게 지켜보았다.

"어이……."

땅을 기는 듯한 낮은 목소리는 로벨의 것이었다. 아직까지 약혼 파기를 포기하지 못했는지, 때때로 이렇게 기분이 나빠지곤 했다.

"정말이지, 로벨도 참. 슬슬 자식한테서 좀 벗어나는 게 어때?"

"싫어—!"

소리치면서 거절하는 로벨을 보며 쌍둥이 여신도 엘렌도 한숨을 숨길 수 없었다.

"여전하구나…… 설마 이렇게 변함이 없을 줄은 몰랐어."

"그러게 말이에요……."

그런 대화를 나누고 있으려니, 쌍둥이 여신이 짝 하고 손뼉을 쳤다.

"엘렌의 결혼식엔 우리도 갈 거야!"

"네?"

"그럼! 이런 일은 좀처럼 없으니까 너무 기대돼! 우리의 권속도 불러서 축복해줄게!"

"네에……?"

정령계에 결혼식이라는 개념은 그다지 없다. 한다고 해도 일족 내에서만 이루어진다.

로벨과 오리진 때엔 정령들에게 확실하게 알릴 필요가 있었기 때문에 성대하게 했지만, 인간계에서 할 때는 엘렌과 알베르트가 축복하며 조용히 했던 것도 기억에 새롭다.

엘렌의 경우는 텐바르국 전체의 결혼식이 된다. 이제 날도 얼마 남지 않아서, 드레스 이야기와 대략적인 흐름의 설명 등으로 정신 없는 날들을 보내는 중이었다.

"여신님들께 축복을 받다니, 기쁜걸."

"으, 응……."

분명 결혼식장에서는 큰 난리가 나리라. 예감을 넘어선 확신에 엘렌은 아주 조금 먼눈을 하고 말았다.

＊

"5년은, 순식간이네."

"그러게."

식을 앞둔 엘렌과 가디엘은 정령성의 발코니에서 밤하늘을 올려다보았다.

5년의 시간 동안 변한 것은 잔뜩 있었다.

라필리아는 이미 2년 전에 결혼했다. 상대는 평민인 카르였고, 그 사실에 사우벨이 날뛰면서 한바탕 소동이 벌어졌었다.

대정령과 계약한 라필리아를 평민으로 만들 수는 없다며 카르를 데릴사위로 맞는 형태가 되었고, 지금은 반크라이프트가의 저택 부지 내에 별관을 세워 그곳에서 카르와 함께 살고 있다.

라필리아에게는 5년 동안 한참 나이 차이가 나는 남동생과 여동생이 생겼다. 지금은 흄과 라필리아를 더해 5남매가 되었고, 반크라이프트가는 3대로 구성된 대가족이 되었다.

"라필리아가 카르 씨와 맺어졌을 때는 울어버렸어."

"어째서 엘렌이 우는 거냐며 라필리아가 당황했던 게 지금도 기억나."

가디엘이 키득거리며 웃자 엘렌은 부끄러운 듯이 미소 지었다.

정신 없이 바쁘던 흄도 현재 약혼한 상태다. 상대는 치료하러 오는 환자를 따라오던 여성으로, 엘렌보다 두 살 위인 어딘가 덧없는 느낌의 정숙한 사람이었다.

아픈 어머니를 곁에서 간호하던 여성으로, 반크라이프트 치료원을 찾아왔다.

거기서 어머니를 보내고 천애 고아가 되어 슬퍼하는 여성을 흄은 내버려 두지 못했다.

바쁜 치료원에서 일하는 것은 어떻겠냐고 권했고, 함께 일하는 사이에 사랑을 키워간 듯했다.

"흄 군은 치료원 근처에 새로 집을 지을 거래."

"그렇구나. 그의 결혼식도 이제 곧이지?"

"응. 결혼식 후에 옮겨가 살 건가 봐."

사우벨이 의욕에 넘쳐서 커다란 저택을 세우려 하다 흄에게 제지당한 것을 웃으면서 보았다.

흄이 직접 짓겠다고 단언하자 사우벨은 이 정도는 해줄 수 있게 해달라고 울며 부탁하던 광경이 잊히지 않는다.

그때의 흄은 성가시다는 표정을 짓고 있었는데, 사우벨이 "큰 서재를 만드는 거야! 도서관 정도로!"라고 말하자 흄이 계약한 지혜의 정령 애슈가 크게 기뻐하면서 최종적으로는 받아들였다.

"그러고 보니 시엘 님은 잘 지내시려나?"

"응, 결혼식엔 와줄 거야."

"기쁜걸!"

지금 시엘과 엘렌은 사이가 좋았다. 덧붙여 말하자면 여기에 라필리아가 더해졌다.

학생 시절의 라필리아를 아는 만큼 두 사람은 처음엔 어색한 분위기였지만, 그것은 순식간에 불식되었다.

무엇보다 라필리아는 현재 왕비와 왕녀를 지키는 여성 기사인 근위대장으로서 활약하고 있다. 이야기할 기회도 단숨에 늘어서, 지금은 셋이 함께 자주 차를 마시곤 한다.

시엘은 그 신상명세서 소동 직후에 바로 결혼식을 올렸다. 약혼 기간은 엘렌이 아는 사람 중에 가장 짧았던 것 같다.

그것은 무엇보다 시엘에게 신상명세서를 보냈던 듀란이 시엘을 포기하지 않았던 탓이었다.

잘못 생각한 헬그너의 간자가 숨어들어 크라하를 암살하려 하는 등, 그때는 정말이지 정신이 없었다. 엘렌 일행이 모두 나서서 듀란에게 항의하고, 로레와 에레에게 듀란을 설득해달라고 부탁하는 등 여러 가지 일이 있었는데 여기에 종지부를 찍은 것은 시엘의 한마디였다.

"크라하를 죽이면, 내가 헬그너 왕을 죽여버릴 거야."

무표정하게 단언한 시엘을 보며 라비스엘이 크게 웃은 것은 말할 것까지도 없었다.

엘렌을 통해 에레에게로 그 일이 전해지자 듀란은 단번에 시엘을 포기했다.

"살해당할 수는 없지."

어깨를 움츠린 듀란은 그렇게 말했다고 한다.

"헬그너의 임금님은 결혼할 기미가 없는 것 같던데……."

"아, 잔학왕으로 유명해서 어디에 혼담을 넣어도 거절당하고 있나 봐."

"아……."

자업자득이라고 할 수 있는 상황에 엘렌은 아무 말도 하지 못했다.

"그렇지. 류르 님도 불렀어."

"어? 류르 님?"

"응. 아무래도 헬그녀 측 자리는 위험하려나 싶어서, 텐바르 왕족 가까이로 초대했어. 그리고 펠페드의 제프리 님도 불렀으니까 모두와 만날 수 있을 거야."

싱긋 웃는 가디엘에게 엘렌도 고맙다며 감사 인사를 했다.

엘렌이 텐바르국에 와서 알게 된 사람들이 전부 찾아와 축복해 준다는 것이 멋쩍기도 했다.

그리고 엘렌이 가장 놀란 것은, 속 시커멓던 라비스엘의 변화였다.

텐바르 학원에서 오리진과 약속한 것을 라비스엘은 지켜주었다.

텐바르 왕족은 정령의 저주가 발각된 후, 다른 귀족들에게 뒤에서 멸시를 받았다.

그러던 중에 가디엘과 시엘의 저주가 풀리고, 더욱이 정령 공주인 엘렌과의 약혼이 발표되자 그들은 손바닥을 뒤집듯 간단히 태도를 바꾸었다.

엘렌이 반크라이프트령의 사업을 돕고 있다는 정보를 어디선가 듣고는 엘렌에게 대량의 다과회라는 이름의 초대장을 보내왔다. 그것을 모조리 찢어버린 것은 왕비와 시엘이었다.

라비스엘은 엘렌에게 일절 얼굴을 비추지 않아도 괜찮다고 말해주었다. 이 말에 엘렌은 진심으로 감사했다.

'그게, 인간계의 매너 같은 건 잘 모르고…….'

로벨도 익힐 것 없다며 필요 최저한의 매너밖에 가르쳐주지 않았었다.

'하지만 역시 모르고 있는 것도 무서워서 멋대로 책 같은 걸 보면서 할머님께 배웠지만…….'

무지한 것은 무섭다고 생각했기 때문에 한 행동이었다. 지금에 이르러선 그랬던 보람이 있었다고 생각한다. 왕비 일행과 하는 다과회에서도 쓸 일이 많았으니까.

왕비 일행에게 엘렌의 매너에는 문제가 없다고 직접 들었지만, 라비스엘은 귀족들에게 엘렌에게 접근하지 말라고 못을 박았고 엘렌에게도 만나지 않아도 괜찮다고 말해주었다.

그러나 상황이 그리되자 화살의 방향을 가디엘에게로 돌린 귀족들이 끊이질 않았다. 그것을 왕이 직접 자신을 방패로 삼아 지켜냈다.

그 바로 뒤를 라스엘도 따르는 모습에 엘렌과 가디엘은 놀랐다. 두 사람을 지키기 위해, 왕족들이 하나가 되어주고 있었다.

가디엘은 엘렌을 지키기 위해 앞으로 나서려 하다가 오히려 라스엘에게 제지당한 것에 놀랐다.

당당한 라스엘의 태도에 가디엘은 한동안 눈을 휘둥그레 뜨고 있었다.

가디엘에게서 라스엘에게로 이어진 왕태자로서의 행동과 생각이 확실하다는 것을 알았기 때문이다. 가디엘은 기뻐 보였고, 그리고 어딘가 쓸쓸해 보이기도 했다.

"지난 5년 동안, 순식간에 달라졌어⋯⋯."

사람도, 거리도, 정령들의 태도도. 무엇보다 텐바르국이 바뀌었다고 생각한다. 한층 정령과 인간이 가까워진 것 같았다.

"그러게. 이런 날이 올 거라곤 생각도 못 했어."

옆에 있던 가디엘의 어깨에 엘렌이 머리를 기대자, 가디엘은 엘렌의 어깨를 당겨 안아주었다.

저주가 발동한 그날부터 한동안, 엘렌과 가디엘의 거리는 멀었다. 지금 이렇게 둘이 함께 걸으며 몸을 기댈 수 있는 날이 올 줄은 몰랐다.

식 하나를 치르면, 단 하루 만에 환경은 완전히 달라지고 말리라. 거기에 어쩐지 불안을 느꼈지만, 분명 함께 걸어갈 수 있을 거라고 믿었다.

"하지만 나로서는 드디어라는 기분이 강한데?"

"드디어?"

"응. 엘렌과 결혼할 수 있기를 고대하고 있기도 했지만, 그보다도 아주 가까이 다가가서 이야기하고 싶었으니까. 정말 긴 시간이었다고 생각하지 않아?"

그렇게 기뻐하며 말하는 가디엘의 모습에 엘렌은 여전히 부끄러워지고 만다.

"정말이지⋯⋯."

12년이나 되는 시간 동안 줄곧 엘렌을 생각해왔다고 하니, 전혀 눈치채지 못했던 엘렌은 아주 조금 쑥스러웠다.

"후후후. 엘렌이 드레스를 입은 모습이 기대되는걸."

그렇게 말하면서 가디엘이 얼굴을 가까이 가져왔고, 한순간 토라진 얼굴을 하고 있던 엘렌은 살며시 눈을 감았다.

입술에 느껴진 부드러운 열기는, 한동안 그대로였다.

*

다음 날, 쾌청한 하늘에는 흰색 비둘기가 날아다니고 있었다. 교회의 종소리가 울려 퍼지고, 신랑 신부는 엄숙하게 중앙을 걸었다.

레이스가 풍성하게 쓰인 순백의 드레스로 몸을 감싼 엘렌의 모습을 본 순간 울음을 터뜨린 로벨은 가족석에서 여전히 엉엉 울고 있었다.

그것을 본 라비스엘이 완전히 질려하는 모습이 시야 끄트머리에 들어와서, 엘렌은 그만 웃음이 터질 뻔했다.

『왜 그래?』

염화로 그리 묻는 가디엘도 엘렌의 드레스 차림을 보고 감동해서 움직일 수 없게 되고 말았다.

몇 번이고 몇 번이고 엘렌을 바라보곤 말없이 안는다고 하는 동작을 반복했고, "자, 가자!" 하고 교회로 가자고 재촉한 것은 엘렌 쪽이었다.

『폐하가 아버지를 보고 질려 하고 있어.』

그 말을 듣고 가디엘도 궁금해진 모양이었다. 엘렌이 신경 쓰던 쪽을 슬쩍 곁눈질로 보았다. 가디엘의 입가가 훗 하고 풀어지는 것이 보였다.

가디엘의 팔에 기대어, 두 사람은 천천히 버진로드를 걸어갔다. 신부님 앞에 서자, 신부님이 인사를 하고 고개를 들었다.

'어라……? 이 사람…….'

어디선가 본 적이 있다. 저도 모르게 응시하고 있으려니 신부님은 엘렌을 향해 싱긋 웃어 보였다.

신부님은 양손을 펼쳐 식장을 감싸는 듯한 동작을 하며 자기소개를 했다.

"십수 년 전이 될까요. 오늘처럼 맑게 갠 푸른 하늘 아래, 쌍둥이 여신의 이름 아래서 결혼식을 올렸던 두 사람이 있었습니다……."

신부님의 말이 교회 안에 울려 퍼졌다.

"그때 저는 작은 교회에서 신부를 하고 있었습니다. 밖에서 빗자루를 들고 청소를 하던 때 한 청년이 급히 찾아왔고, 그 청년이 자신과 똑 닮은 작은 여자아이를 데리고 있던 것을 어제 일처럼 기억하고 있습니다."

신부님은 부드러운 표정으로, 그리고 그리움에 눈을 가늘게 떴다.

"청년은 말했습니다. 여기서 혼인을 할 수 있겠느냐고……."

갑자기 찾아온 청년은 어딘가 서두르는 기색이었다. 그 모습을 본 신부님은 설마 하는 표정을 했다.

"나는 청년에게 말했습니다. 대성당이 아니어도 괜찮겠습니까? 하고. 그런데 청년은 서두르고 있었는지 여기서 올리고 싶다고 말했습니다."

여기까지 듣고서, 엘렌은 놀라 눈을 크게 떴다. 그리운 기억과 함께 그때의 일을 떠올렸다.

"상대분이 보이지 않아서, 상대분은? 하며 당황하던 제게 청년은 말했습니다. 지금 부르겠다고……."

로벨의 옆에 있던 오리진도 순간 눈을 휘둥그레 떴다. 그것이 눈에 들어왔는지, 신부님은 오리진을 향해서 가볍게 고개를 숙였다.

"청년은 영웅 로벨 님, 그리고 그 상대분은 대정령 오리진 님이셨습니다."

분위기가 술렁였다. 단숨에 로벨과 오리진에게 시선이 모였고, 냉큼 울음을 그치고 태연한 얼굴을 한 로벨과 손을 흔드는 오리진이 보였다.

"그때의 감동을 지금도 기억하고 있습니다. 쌍둥이 여신의 축복을 이 눈으로 보았습니다. 그리고 그때 옆에서 감동하고 있던 작은 여자아이가, 시간이 흘러 지금 다시 제 앞에 오셨습니다."

아아, 이 무슨 인연일까요. 그야말로 정령의 인도하심. 감사드립니다 하고 신부님은 말을 이었다.

"그때의 신부님……."

엘렌의 중얼거림이 신부님에게 들렸나 보다. 신부님은 이미 감동해 눈물을 글썽이고 있었다.

"엘렌 님, 오랜만에 뵙습니다."

"저야말로…… 다시 만나 기쁩니다."

아버지와 어머니를 축하해주었던 신부님에게 엘렌도 축복받는다고 생각하자, 엘렌은 참을 수 없이 기뻐졌다.

"그때의 일을 어제 일처럼 기억합니다. 그리고 새로운 출발에 함께해주신 쌍둥이 여신께 감사드립니다."

신부님은 기도를 올리고, 그리고 가디엘과 엘렌에게 맹세의 말을 외게 했다.

"가디엘 랄 텐바르는 엘렌과 함께 걸어갈 것을 쌍둥이 여신 보르에게 맹세합니다."

"엘렌 반크라이프트는 가디엘과 함께 걸어갈 것을 쌍둥이 여신 바르에게 맹세합니다."

그리 선언하고, 서류에 사인을 해나갔다. 펜을 내려놓은 두 사람에게 다가온 수녀님이 묵례하며 작은 상자를 가디엘에게 바쳤다.

'……어?'

이 순서는 듣지 못했던 엘렌은 머릿속이 새하얘지고 말았다.

'어라? 이게 뭐지?'

긴장해서 몇 번이고 몇 번이고 연습했는데, 자신이 듣지 못한 무언가가 있는 것인가 하고 불안을 느끼는 사이에 가디엘이 준비된 작은 상자를 열었다.

그러자 거기에는 한 쌍을 이루는 반지가 들어 있었다.

"어……."

이 세계엔 반지를 교환하는 풍습이 없다. 있다고 한다면, 그건 바로 엘렌 자신이 부모님에게 선물한 축하의 반지였다.

"깜짝 놀랐어? 로벨 님께 들었어. 엘렌한테 선물받았다고……."

"…………."

이미 울 것 같아진 엘렌의 왼손 약지에 다이아몬드가 장식된 반지를 스윽 끼웠다.

자연스럽게 엘렌도 가디엘의 왼손 약지에 다이아몬드 반지를 끼워주었다.

"맹세의 키스를."

신부님의 말에 엘렌과 가디엘은 서로를 바라보았다. 가디엘이 천천히 엘렌의 베일을 걷고, 그리고 맹세의 키스를 했다.

데엥…… 데엥…… 하고 교회의 종소리가 울렸다. 그러자 갑자기 교회의 스테인드글라스에 빛줄기가 비쳐 들어 엘렌과 가디엘을 비추었다. 무지갯빛으로 빛나는 꽃잎이 팔랑팔랑 허공을 날아 내려왔다.

"무슨…… 이건……."

환상적인 꽃잎은 쌍둥이 여신상이 있는 곳으로 빨려 들어갔고, 그리고 그것이 흩어지더니 동시에 두 개의 인영이 나타났다.

"설마……!!"

술렁임과 함께 나타난 것은 쌍둥이 여신인 바르와 보르. 둘은 방긋 웃으며 말했다.

『두 사람의 맹세의 말을 들었어.』

『그래, 들었어.』

교회에 울리는 환상적인 목소리. 쌍둥이 여신이 나타났다며 모두가 눈을 휘둥그레 뜨고 응시했다.

『나는 모든 것을 내다보는 보르.』

『나는 단죄의 바르.』

대조적인 두 사람이 오른손과 왼손을 하늘로 들어 올렸다. 그러자 마법서에서 빛이 넘쳐흘렀고, 휘잉 쌍둥이 여신의 곁으로 날아갔다.

『맹세는 확실히 받았어.』

『그래, 받았어.』

갑작스레 쌍둥이 여신에게서 부드러운 빛이 둥실 흘러나왔다. 그 빛과 함께 교회 안에 일제히 꽃잎이 흩날렸다.

『행복해져야 해. 엘렌.』

『곤란한 일이 생기면 말해. 엘렌.』

쌍둥이 여신이 찡긋 윙크하고 엘렌을 향해 말했다.

"혼인은 쌍둥이 여신에 의해 인정되었습니다! 두 사람은 이제부터 부부가 되었습니다!!"

신부님의 목소리와 함께 노호와 같은 축복의 목소리가 쏟아졌다. 다시 둥실 꽃잎이 날렸다. 그것은 땅에 떨어지는 일 없이, 빙글빙글 하늘에서 춤추었다.

꽃잎을 맞으며 버진로드를 걷는 두 사람을 따라서, 반짝반짝하고 하늘에서 떨어져 내리는 것이 있었다.

그것은 파란색과 보라색의 작은 보석으로, 때때로 무지개색의 빛을 반사하며 지면으로 떨어져갔다.

"우후후, 엘렌이 나한테 해줬던 것처럼, 보석을 관장하는 대정령과 식물의 대정령을 불렀지."

둥실 하늘에 뜬 채 멈춰 선 오리진의 모습을 따르듯이 차례차례 하늘에서 대정령들이 나타났다.

인간들이 아연실색한 사이에도 교회의 출입구로 걸음을 옮기자, 거기에는 정령의 말인 유니콘과 페가수스, 양쪽의 모습을 한 새하얀 한 마리의 말이 끄는 2인승 작은 마차가 서 있었다.

머리에 하나의 날카로운 뿔과 날개를 가진 말을 이 세계에서 본 것은 처음이라 엘렌과 가디엘은 놀랐다.

게다가 그 말의 고삐를 잡은 마부는 로벨이었다.

"이건⋯⋯."

"아～ ⋯⋯놀랄 거라고 생각한 걸까?"

쓴웃음을 지으면서도 두 사람은 마차에 올랐다. 그러자 순식간에 결계의 기척이 느껴졌다. 이것을 위해 로벨은 마부가 된 것이리라.

마차 뒤에서 대기하고 있는 하얀 말에 탄 것은 사우벨, 그리고 그 옆에 있던 것은 라필리아였다.

기사의 옷을 입고, 두 사람을 지키기 위해 뒤를 따랐다.

"모두들⋯⋯."

라필리아가 찡긋 윙크해주자, 엘렌은 감동해서 눈물이 날 것만 같았다. 옆에 있던 가디엘도 기뻐하고 있었다.

텐바르의 대성당은 왕도의 중앙에 있다. 그 앞에는 커다란 길이 있고, 그곳에서 퍼레이드가 열리기로 되어 있었다.

천천히 달리는 마차에서 엘렌과 가디엘은 백성들을 향해 손을 흔들었다.

"아름다운 신부야!"

"저게 정령 공주님인가!!"

다양한 목소리와 함께, 축하한다는 축복의 말이 들렸다.

"잠깐…… 저거, 영웅 로벨 아냐?!"

"거짓말!"

"저 말은 뭐야?! 날개가 나 있어!!"

"뿔도 있는데……?!"

다양한 목소리가 들리는 중에 중앙 통로를 잠시 달리던 마차의 속도가 갑자기 빨라졌다.

"어라?"

"앗…… 엘렌, 꼭 잡아."

가디엘에게 부축을 받으며 상황을 지켜보고 있으려니, 달리기 시작한 말이 그 날개를 펼쳤고 마차는 하늘로 날아올랐다.

"에에에에에엣?!"

"거짓말—?!"

그런 목소리가 아래에서 들려오자 엘렌은 그만 웃고 말았다.

"이런 연출, 알고 있었어?"

"나도 못 들은 일이라 놀랐어."

엘렌과 가디엘이 놀라자 로벨이 말했다.

"엘렌, 우리가 주는 축복도 있단다."

"네?"

마차는 텐바르 위를 빙글 선회했다. 그러자 거기에는 인간의 모습을 한 대정령들이 줄을 이루어 길을 만들고 있었다.

선두의 아우스톨이 싱긋 웃으며 검을 들었다.

척 하고 호령처럼 여러 대정령들이 검을 들었다. 그 광경은 압권이라 할 수 있었다.

게다가 지상에서는 사우벨과 라필리아가 이끄는 기사들이 검을 들고 있었다.

"모두⋯⋯."

"잘됐구나. 모두 축복해주고 있어."

로벨의 말에 가디엘이 놀라며 로벨을 바라보았다.

"나는⋯⋯ 가르쳐주지 않을 거지만!"

투덜거림이 섞인 말에 엘렌은 웃음이 멈추지 않았다.

"정말 기뻐⋯⋯."

눈물을 글썽이는 가디엘에게 엘렌은 그 몸을 기대며 미소 지었다.

"잘됐다. 가디엘."

"응⋯⋯ 고마워."

손깍지를 낀 엘렌과 가디엘의 손가락에서 빛나는 다이아 반지가 축복을 해주고 있는 것만 같았다.

하늘로 날아오른 마차가 사라지자, 공중에 있던 대정령들도 휙 사라졌다.

그 환상적인 광경 뒤에는 놀란 왕국의 백성들이 남겨져 있었다.

둥실둥실 무지개색 꽃잎이 지면으로 빨려 들어가듯 사라져갔다. 그것을 목격한 사람들은 서로의 얼굴을 바라보며 꿈이 아니라고 소리쳤다.

그 후 한동안 왕도는 축제 분위기로 떠들썩했다며 경비를 맡았던 사우벨과 라필리아가 초주검이 되어 쓴웃음을 지으며 말했고, 엘렌과 가디엘은 고개를 숙였다.

제77화 다시 또 5년 후

어느 곳에 텐바르라는 왕국이 있었습니다.

행복하게 살던 왕국 옆에서 갑자기 마물이 넘쳐 나왔습니다.

그 일에 놀란 왕국 사람들은 국왕님에게 도와달라고 부탁했습니다.

국왕님은 나라 제일의 정령 마법사에게 의지했습니다.

정령 마법사는 흔쾌히 정령과 함께 마물 퇴치에 나섰습니다.

그러나, 터무니없는 수의 마물이 넘쳐 나왔습니다.

이대로라면 지고 말 거라며 마지막 힘을 짜내어 싸웠습니다.

정령 마법사는 함께 싸우던 정령에게 부탁했습니다.

"내 힘, 전부 다 써도 좋아. 네 힘을 빌려줘."

"알았어……."

함께 싸워온 정령은 정령 마법사를 아주 좋아했습니다.

그런 그의 부탁을 들어주지 못할 리 없었습니다.

이것이 마지막이 될 것이라며 슬퍼하면서도 정령은 그의 부탁을 들어주었고, 그 힘을 해방해 수많은 마물을 단숨에 퇴치했습니다.

힘을 다 쓴 정령 마법사는, 쓰러졌습니다.

함께 싸웠던 동료들이 그의 곁으로 달려왔습니다.

그러나 힘을 다 쓴 그는 이미 숨이 끊어져 있었습니다.

이것을 슬퍼하지 않는 자는 없었습니다.

그중에서 가장 슬퍼한 것은 정령이었습니다.

"죽게 두지 않겠어……."

눈물을 흘리면서 그리 말한 정령은 그를 정령의 나라로 데려가겠다고 말했습니다.

정령의 나라에서, 그를 구하겠다는 말을 남긴 정령은 정령 마법사와 함께 사라져버렸습니다.

주위에 있던 자들은 망연자실하며, 정령에게 맡기고 그가 무사하기를 기도했습니다.

그리고서 몇 년이나 시간이 흘렀습니다.

정령과 함께 떠났던 정령 마법사는 나라를 구한 영웅이 되었습니다.

그리고 정령 마법사는 정령이 나라에서 목숨을 구하고, 정령과 사랑하는 사이가 되어 딸을 낳았습니다.

무려 이 정령은 정령계의 여왕이었습니다. 정령 마법사의 딸은, 정령의 공주님이 되었던 것입니다.

*

인간과 정령 사이에서 태어난 이 공주님은 아주 귀엽고, 아름다운 무지갯빛 눈동자를 가진 공주님이었습니다.

아버지인 영웅을 무척이나 좋아해서, 그와 관계가 있는 사람들에게 매우 자비를 베풀었습니다.

다치거나 병든 사람들을 돕고, 인간의 나라에 다양한 은혜를 내렸습니다.

사람들 사이에서 이 공주님은 '치료원의 공주님'이라고 불리게 되었습니다.

그러나 때로 생각이 모자란 자가 나오는 법입니다.

그자들은 이 공주님을 욕심냈고, 놀랍게도 납치했습니다.

공주님의 아버지인 영웅과 텐바르의 왕자가 공주님을 찾아 구하러 갔습니다.

공주님의 위기에 텐바르의 왕자가 순간적으로 몸을 던져 공주님을 감쌌습니다.

텐바르의 왕자는 목숨을 잃고 말았습니다.

그러자 공주님은 몹시 슬퍼했습니다.

울고 있는 공주님에게 정령의 여왕님이 말했습니다.

"아빠처럼 정령계로 데려가서, 구하자."

그 말에 공주님은 고개를 끄덕였습니다.

그리고 얼마 후, 살아난 텐바르의 왕자님과 함께 정령 공주님이 텐바르 왕국으로 돌아왔습니다.

텐바르의 왕자는 정령 공주님을 무척 좋아했습니다.

돌아오자마자 왕자는 공주님에게 청혼했습니다.

정령 공주님은 고개를 끄덕였습니다.

공주님에게는 텐바르의 왕자야말로 영웅이었던 것입니다.

"쭉, 함께 걸어가자."

그렇게 두 사람은 약속했습니다.

왕자님과 공주님은 그 후에도 사이좋게, 행복하게 살았습니다.

*

"……해피엔딩……."

국어책 읽기로 그림책을 읽어준 카이를 향해서 사티아가 소리쳤다.

"정말이지, 멋진 이야기인데 카이는 어째서 매번 국어책 읽기인 거야?"

열 살 여자아이. 그 얼굴은 로벨 반크라이프트와 똑 닮았다.

"몇백 번이나 읽으라고 하면, 국어책 읽기가 될 만도 합니다……."

책상다리를 한 카이의 무릎 위에 앉은 여자아이의 머리 위에서 먼눈을 한 카이가 중얼거렸다.

"게다가 이 이야기, 저는 싫어합니다."

"뭐어~?! 어째서?! 아빠랑 언니 이야기인데?!"

"그래서입니다……."

스물여섯 살의 카이는 이미 성인 남성이다.

옆에서 보면 카이의 딸에게 책을 읽어주는 것 같은 광경이지만, 그저 사티아에게 강제당해 읽고 있을 뿐이었다.

"사티아, 또 그 얘기야? 엄청 좋아하네."

"아, 베르크."

베르크라고 불린 것은 이 사티아라는 소녀와 똑같은 얼굴을 가진 남자아이.

과거의 로벨 반크라이프트와 생김새부터 성격까지 똑 닮았다고 모두가 이야기한다.

"베르크 님."

"카이, 반도 있어?"

『여기에.』

휙 하고 짐승 모습을 한 반이 전이해 나타났다. 그것을 본 베르크는 환하게 웃으며 그 털에 폭 파묻혔다.

"오늘도 기분 좋은 폭신폭신이야."

"아~ 나도!"

포옥 하고 동시에 털에 파묻힌 쌍둥이를 보며 카이와 반은 쓴웃음을 지었다.

"엘렌 님과 똑같군요."

"언니를 보고, 이 쾌락을 알게 되었는걸."

"맞아. 누나가 직접 전수해주신 거라고. 이 기술은 계속 이어져야만 해."

쌍둥이가 반의 털을 쓰다듬었다.

그걸 직접 전수한 건가…… 하고 카이는 생각했지만, 반은 오히려 자랑스러워하고 있었다.

그로부터 몇 년이나 지났는데, 반은 여전히 자신의 털 관리에 여념이 없었다.

『요즘은 샴푸와 컨디셔너 사이에 트리트먼트를 시작했습니다!』

"반의 그 털 결에 대한 자세는 높게 평가하고 있어."

"그래 맞아. 우리가 또 빗질해줄게."

『영광입니다!』

반의 꼬리가 휙휙 기세 좋게 흔들렸다. 이 보들보들을 기뻐해주는 사람이 있는 한, 반은 영원히 손질을 하려나 하고 카이는 어딘가 먼눈을 했다.

"언제나 생각하는데, 어떻게 본인 털을 손질하고 있는 거야……?"

카이의 의문도 당연했다.

그러자 폭신폭신을 즐기던 베르크와 사티아도 고개를 들었다.

『눈치 없구나! 기업 비밀이란 거다!』

화내는 반에게 베르크가 그러고 보니, 하고 생각난 것을 물었다.

"반은 직접 관리하는 모습을 절대 보여주지 않네……."

"그러게. 언니도 본 적 없다고 말했어."

쌍둥이의 시선을 느꼈지만, 반은 그래도 절대 보여주려 하지 않았다.

"고집쟁이."

"고집쟁이야."

쌍둥이의 장난 스위치가 켜진 것 같은 기분이 들었지만, 반은 모르는 척 외면했다.

쌍둥이는 폭신폭신을 할 수 없게 되면 곤란하다며, 백호인 아우스톨과 반이 하는 말 만큼은 잘 듣고 있기 때문에 반을 빠~안히 바라보기만 했다.

"그보다도 반, 카이랑 얼른 계약 해제해주지 않을래? 내가 카이랑 계약을 못 하잖아."

"안 할 겁니다!"

『그렇다고 합니다.』

"쳇! 구두쇠—!"

불만을 말하고서 사티아는 다시 반의 털에 포옥 파묻혔다.

"훗, 사티아는 전도다난하네."

"뭐야, 베르크도 반의 털 결을 독점하기 위해서 밀어줬잖아!"

"나는 괜찮아. 어차피 반한테 여동생이 생겼으니까."

『무슨…….』

"에엣—?! 처음 듣는데?!"

"뭐? 아아, 태어났구나. 축하해."

『……왕자님, 어떻게 저보다 먼저 아신 겁니까?』

"빈트가 소리쳤어."

『아아…….』

먼눈을 한 반을 보며 카이가 동정했다.

"그래서, 그 자리에서 청혼을 하고 왔어."

『네……?』

"네 여동생한테, 청혼했어."

『왕자님…… 제 여동생은 아직 갓난아기로 눈도 못 떴습니다만……

의미도 이해하지 못할 거라고 생각합니다.』

"그러니까 좋은 거잖아. 눈을 뜨면 제일 먼저 나를 봐줬으면 싶잖아?"

『아버님과 어머님에게 죽을 겁니다…….』

"후후, 그런 바보짓을 할 것 같아? 아, 하지만 빈트는 긍정적이던데?"

『이런…… 어머님에게 죽는 건 아버님이겠군요…….』

열 살에 이미 그 두각을 드러내고 있는 베르크의 모습에 반과 카이는 내심 식은땀이 멈추질 않았다.

이 로벨과 똑 닮은 쌍둥이는 이미 머리 회전이 빨라서, 언제 무슨 짓을 저지를지 알 수 없었기 때문이다.

그래도 오빠인 베르크는 「성실」을 관장하고, 동생인 사티아는 「정직」을 관장한다.

이 두 사람의 행동에 거짓은 없다. 그러나 직구로 행동하고, 감정을 부딪쳐 오기 때문에 고민거리는 끊이질 않았다.

"베르크의 사랑은 무거울 것 같아~."

사티아가 그런 말을 중얼거렸지만, 베르크는 태연하게 "너도 그렇거든" 하고 대꾸했다.

"너, 반크라이프트가 주변에서 카이를 항상 따라다닌다며?"

"뭐어? 어떻게 안 거야? 바깥부터 공략해야겠다 싶어서 지금부터 행동하고 있는 거라고!"

"카이의 혼담을 깼잖아."

"맞아. 내가 있는데 실례잖아! 알베르트한테는 벌을 줬어!"

"아버지……."

카이가 고개를 푹 떨궜다.

엘렌의 결혼식 날 아이보기를 한 후로 사티아는 카이에게 홀딱 반했다.

처음에는 로벨이 화를 냈지만, 사티아는 당시 여섯 살 나이에 아버지를 말로 꺾을 만큼 똑똑한 머리를 선보였다.

로벨이 카이에게 맡겨놓고는, 잘 따르기 시작하자 갑자기 안 된다고 하는 로벨에게 사티아의 이른 반항기가 본격화한 것은 말할 것까지도 없었다.

더욱이 말싸움에서 꺾인 로벨은 울고 말았다.

주변 사람들은 "로벨이다…… 작은 로벨이 있어……"라며 어쩔 줄을 몰라 했다고 한다.

"베르크는 언니 딸을 귀여워했잖아. 그쪽에 청혼할 줄 알았는데."

"누나 딸이라서 귀여운 거야. 이건 친애의 감정이지 사랑이 아냐. 사티아도 알잖아? 사랑스럽다고 생각하면 어떻게 해서든 갖고 싶어지는, 이 끓어오르는 뜨거운 감정."

"맞아. 알아. 나는 카이한테 느끼고 있어!"

사티아는 반의 털에서 몸을 일으키더니 이번에는 카이를 꼭 끌어안았다.

"제발 좀 봐줘……."

하늘을 올려다보는 카이에게 반이 『힘내라……』 하고 동정하며 말했다.

"하지만 카이는 인간이잖아? 어떻게 할 거야?"

"나, 나이를 먹어가는 카이도 기대돼. 한 번 천수를 다하게 한 다음에 영혼을 빼내서 어머님께 정령화 해달라고 할까 생각하고 있어."

"으아아, 무거워! 카이도 엄청난 녀석 마음에 들어버렸네……."

"제발 좀 봐줘……."

카이의 진정한 도망극은 이제부터 시작이었다.

에필로그

이것은 꿈이라고 머릿속 어딘가에서 알고 있었다.

새까만 어둠 속, 많은 팔이 자신을 향해서 뻗어 온다.

잡힐 것만 같아서 그만 울음을 터뜨렸다.

『어머니!』

혼자서 훌쩍훌쩍 울고 있었더니, 머리에 살며시 손이 놓여졌다.

다정하고 따뜻한 손. 소중히 여기듯 쓰다듬어주었다.

『왜 그러니?』

"어머니……."

『또 무서운 꿈을 꾼 거야? 이리 오렴.』

따뜻한 품 안에 감싸였다.

두근두근 안심되는 심장 소리에 감싸이자 조금 전까지는 잠드는 것도 무서웠건만, 이제 괜찮다고 생각되었다.

안심되는 온기와 심장 소리에 감싸여 꾸벅꾸벅 졸고 있자, 등 뒤에서 낮은 남자의 목소리가 들렸다.

『요즘 잠을 얕게 드는 것 같은데?』

이번엔 크고 다정한 손이 머리카락을 빗겨주었다.

『무서운 꿈을 꿨나 봐. 다음에 드리트라에게 부탁해볼까?』

『그러게. 오랜만에 셋이서 이 아이의 꿈속에 들어가 놀아줄까?』

『후후후, 재밌겠다!』

『자, 그만 다시 자자. 엘렌, 너도 수면 부족이잖아?』

『고마워. 가디엘.』

옷 스치는 소리가 났지만, 안아주는 온기가 떨어지는 일은 없었다.

꾸벅꾸벅 졸면서 중얼거렸다.

"어머니…… 여페 이써……?"

『있단다. 약속했잖아?』

『그래. 쭉 함께야.』

『잘 자렴. 아뮤엘.』

보호의 이름을 받은 작디작은 여신의 알.

그것이 앞으로 부화할 수 있을지는 그녀 나름.

이제부터는, 가족과 함께 걸어간다.

그것이 생전 그녀의 마음이었고, 바람이었다.

　　　　　　　『아빠는 영웅, 엄마는 정령, 딸인 나는 전생자.』끝

9권을 읽어주셔서 진심으로 감사드립니다.

드디어 『아빠는 영웅, 엄마는 정령, 딸인 나는 전생자.』도 마지막 권이 되었습니다. 서적이 된 지 약 4년. 인터넷에 투고해 완결까지 5년이었나요.

그동안 공과 사 모두 여러 가지 일이 생겨 오랫동안 집필하지 못하고 기다리게 한 기간도 있었습니다만, 마지막까지 완주할 수 있어 영광이었습니다.

지금까지 엘렌과 모두를 써올 수 있었던 것은, 책을 읽고 지지해 주신 여러분 덕분입니다. 정말로 고맙습니다.

『아빠는 영웅, 엄마는 정령, 딸인 나는 전생자.』는 제목대로 '가족'이 테마입니다.

엘렌의 성장과 함께 가족이라는 둥지를 떠나 독립하기까지를 생각하고 있었기 때문에, 여기서 일단 마무리를 지었습니다.

그나저나 이번 권, 도중에 뭔가 주변 사람들의 이야기가 많았다고 생각합니다.

주변 사람들은 이렇게 된다……라는 설정을 원래 준비하고 있었기 때문에, 그 후가 궁금하다는 이야기가 특히 많았던 라필리아,

사우벨, 흄의 이야기를 새로 써서 서적에 넣었습니다.

다른 면면은 솔직히 말해서, 각각의 이야기가 되는지라 엘렌 일행이 관여할 수 없다고 하는 뒷사정이……(쓴웃음).

그렇게 되면 흥미 없어 하는 분도 많아지기 때문에, 쓴다면 소설가가 되자에 인터넷 게재하고 궁금한 분들만 언제든 읽을 수 있게 하는 스타일 쪽이 좋을지도 모른다고, 슬쩍 흘려봅니다. 죄송합니다.

같은 곳에 단편을 모을 자리도 만들었으니, 조만간 그쪽에 써보려고 합니다.

(스포일러가 되는지라, 게재는 잠시 미뤄지게 되겠습니다만…….)

솔직히 말해서 이렇게까지 눌러 담아 서적에 새로 쓸 수 있을 줄은 몰랐기 때문에, 정말로 감개무량합니다.

그 외에도 정령 측의 이야기가 없구나~ 해서, 지금까지와 전혀 다른 6권 같은 이야기도 쓸 수 있었던 것이 정말 기뻤습니다.

그 밖에도 『아빠는 영웅, 엄마는 정령, 딸인 나는 전생자.』는 살짝 영국을 모델로 하고 있으며, 요정 이야기와 역사를 참고했습니다.

그랬더니 신기한 인연으로 트위터의 팔로워분 중에 조부모가 영국인이라는 분이 계셨고, 글쎄 『아빠는 영웅, 엄마는 정령, 딸인 나는 전생자.』 만화를 할머니께 보냈다는 연락이!

제 책이 동경하는 땅, 현지에 다다랐다는 충격적인 연락을 받았습니다.

이런 일도 있구나?! 하고 정말로 놀랍고 기쁘고, 그리고 조금 부끄럽기도 했습니다. (그땐 감사했습니다!)

고맙게도 일본 국내만이 아니라 해외에서도 번역되어 출판되고, 게다가 바다를 넘어 멀리 모델이 된 땅에까지 이미 책이 있다고 생각하니 감동이었습니다.

그런 분들에게 격려를 받고, 엘렌도 저도 성장했습니다.

여러분께 받은 지지로 이렇게나 엘렌 일행의 세계가, 제 시야가 넓어질 줄은 몰랐습니다. 정말로 감사드립니다.

엘렌과 가디엘의 이야기도 더 많이 쓰고 싶었지만, 이번 한 권 분량으로는 정말이지 부족했습니다.

하지만 두 사람의 이야기에 집중하면 제목에서 멀어질 듯해서 무척이나 고민했습니다.

상당히 오랫동안, 다음을 어찌할지 고민했습니다. 하지만 아무리 생각해도 마지막은 제목대로 끝내고 싶었기 때문에, 마음을 다잡고 여기까지로 정했습니다.

인터넷 쪽의 연재 종료 시에는 많은 코멘트로 "다음 이야기는……?"이라는 말을 듣고 무척 기뻤습니다(웃음).

저 자신도 엘렌과 가디엘은 이제 막 달려 나가기 시작한, 새파란 신참이라 생각하기 때문에 두 사람의 이야기는 이제부터라고 여기고 있습니다.

새 가족을 만들기 위한 이야기도 재미있겠다고 생각하며, 현재 구상을 잡고 있는 중입니다.

쓴다고 한다면, 그야말로 6권과 같은 수수께끼에 감싸인 정령 측과 세계 전체의 이야기가 될 테지요. 그리고 연재하게 된다면, 또 인터넷에서 스타트할 거라고 봅니다.

엘렌과 가디엘도 그렇지만, 이제 막 태어난 쌍둥이 남매도 쓰고 싶습니다.

새로운 햇병아리 여신 이야기도 쓰고 싶고, 1대 2대만이 아니라 3대까지.

가족이라는 인연에서 친구, 지인. 새로운 인연이 세계로 이어져 가는 그런 세계를, 앞으로도 써보고자 합니다.

하지만 아직 제 안에 있는 새로운 세계와 인물을 써보고 싶다는 욕심도 있기 때문에 일단은 여기서 『아빠는 영웅, 엄마는 정령, 딸인 나는 전생자.』는 마무리를 짓고 쉬어가려고 합니다.

마지막 권까지 총 시리즈 누계 밀리온 돌파라는, 엄청난 숫자까지 달성할 수 있었던 것은 여러분의 지지가 있었던 덕분입니다.

코미컬라이즈는 아직 계속됩니다. 그리고 앞으로도 『아빠는 영웅, 엄마는 정령, 딸인 나는 전생자.』, 그리고 여러분께 큰 사랑을 받고 있는 엘렌을 부디 잘 부탁드립니다.

여기까지 지지해주신 여러분, 엘렌이 좋다고 말해주셨던 분들.

바로 옆에서 쭉 격려해주신 담당 K님, 담당 M님, 교정자님, 디자이너님, 영업 I님.

귀여운 엘렌 일행을 그려주셔서 감사합니다. keepout 선생님.

코미컬라이즈 담당 오호리 유타카 선생님. 스퀘어 에닉스 담당 W님.

힘내라고 말해준 형제자매와 친척들. 함께 기뻐해준 친구들.

지금까지 오랫동안 감사했습니다. 앞으로 또 인연이 생긴다면, 부디 잘 부탁드리겠습니다!

마츠우라

오랫동안 애독해주시고,
엘렌과 모두를 응원해주셔서 감사드립니다!
또 언젠가 어디선가!

thank you

소설 일러스트당당
keepout

아빠는 영웅, 엄마는 정령, 딸인 나는 전생자. 9

초판 1쇄 발행 2025년 2월 10일

지은이_ Matsuura
일러스트_ keepout
옮긴이_ 이신

발행인_ 최원영
본부장_ 장혜경
편집장_ 김승신
편집진행_ 권세라 · 최혁수 · 김경민 · 최정민
편집디자인_ 양우연
국제업무_ 박진해 · 조은지 · 남궁명일
관리 · 영업_ 김민원 · 조은걸

펴낸곳_ (주)디앤씨미디어
등록_ 2002년 4월 25일 제20-260호
주소_ 서울시 구로구 디지털로 32길 30, 코오롱디지털타워빌란트 1301-1308호
전화_ 02-333-2513(대표)
팩시밀리_ 02-333-2514
이메일_ lnovellove@naver.com
ㄴ노벨 공식 카페_ http://cafe.naver.com/lnovel11

CHICHI HA EIYU, HAHA HA SEIREI, MUSUME NO WATASHI HA TENSEISHA. Vol.9
©Matsuura, keepout 2022
First published in Japan in 2022 by KADOKAWA CORPORATION, Tokyo.
Korean translation rights arranged with KADOKAWA CORPORATION, Tokyo.

ISBN 979-11-278-8070-5 04830
ISBN 979-11-278-5213-9 (세트)

값 11,000원